Gold in den Gräbern der Stadt

Erzählung

Christina Corente

Bibliografische Information der Deutschen Nationalbibliothek: Die Deutsche Nationalbibliothek verzeichnet diese Publikation in der Deutschen Nationalbibliografie; detaillierte bibliografische Daten sind im Internet über dnb.dnb.de abrufbar.

Die Bilder auf dem Cover-Umschlag stammen von Christina Corente.

Herstellung und Verlag: BoD – Books on Demand, Norderstedt

ISBN: 978-3-7568-2935-4

Ähnlichkeiten in diesem Buch zu lebenden Personen sind rein zufällig. Und bis auf ein paar unbedeutende Kleinigkeiten ist alles, was in dieser Geschichte steht, frei erfunden.

*

Zweierlei war denkwürdig am Verhältnis von mir zu meinen Mitschülern. Zum einen schienen ihnen hier, im Westberlin der Siebziger Jahre, äußerst seltsame Dinge zu widerfahren und dann verspürten sie zuweilen das dringende Bedürfnis, mir davon zu erzählen.

Anders kann ich es mir nicht erklären, dass beispielsweise Nadja, ein hübsches Mädchen mit einem bemerkenswert ausdruckslosen Gesicht, in unregelmäßigen Abständen meine Nähe suchte, um mir weiszumachen, dass ihre Mutter sie für Geld älteren Männern anbieten würde. So erinnere ich mich, dass wir beide einmal nach der Schule einfach noch nicht nach Hause gegangen waren und angeberisch rauchend und vor Kälte bibbernd im Eckchen eines kleinen Parks in der Nähe unseres Oberstufenzentrums beisammen saßen, wobei wir hofften, dass uns von den Strahlen der Herbstsonne bald ein bisschen wärmer würde. Wir waren zu dieser Zeit vielleicht elf, zwölf Jahre alt.

„Was soll denn das heißen, sie bietet dich für Geld älteren Männern an? Sollst du für die putzen und warum tut sie das denn nicht selbst, ist sie krank oder was?", fragte ich mit klappernden Kiefern und hoffte, die Zigarette sei bald aufgeraucht, da mir bereits die Kehle höllisch brannte und aufsteigende Tränen die Sicht vernebelten.

„Ach was, putzen! Stell' dich doch nicht so blöde an. Du kannst dir schon denken, worum es geht", zischte mich Nadja an, die mich immer äußerst herablassend behandelte, was ich mir sonst eigentlich von niemandem gefallen ließ. Ich hatte immer noch keine Ahnung, was sie meinen könnte, merkte aber, dass sie so vernuschelt sprach, weil ihr nicht weniger kalt war als mir. „Lass' uns gehen", sagte ich. „Wärmer wird's nicht und die Marke schmeckt scheiße. Die bekommt mir nicht!"

„Die sind aus dem Osten, es gab keine anderen", murmelte Nadja mit gesenktem Blick, um dann wieder hochzufahren und mich scharf zu mustern. „Sibylle Oedland! (so hieß ich tatsächlich). Du glaubst mir nicht! Wusste ich's doch", meinte sie dann und plötzlich war mir trotz meines verrauchten und verwässerten Blicks aufgefallen, wie finster und geradezu verzweifelt sie mich aus ihren schönen, dunklen Augen anstarrte.

Nadja war mit ihrer Mutter ein paar Jahre zuvor aus Russland nach Berlin gezogen und beide standen dauernd im Verdacht, für den Osten zu spionieren.

Daran wollte ich mich nicht beteiligen, deshalb seufzte ich bloß, reichte ihr die beschissene Zigarette, rieb mir die mittlerweile eiskalten Hände und meinte: „Also gut, was wollten die Männer denn dann von dir, red' doch mal Klartext!" - „Na, was denn wohl!" - „Ja, was denn wohl?" - „Du bist auch zu blöd!" - „Na, dann bin ich eben zu blöd!"

So sind wir an diesem Tag mürrisch auseinandergegangen. Aus dem Kopf ging mir die Sache aber nicht.

*

Nadja und ich haben nicht mehr darüber gesprochen. Nur ab und an traf mich in der Schule ihr finsterer Blick, vorwurfsvoll und so, als hätte ich längst irgendetwas unternehmen sollen. Weil ich absolut nicht wusste, was das sein könnte, schaute ich ostentativ weg oder tat, als würde ich sie und ihr Gestarre gar nicht bemerken. Das Ganze war jedes Mal schnell vergessen, es gab genug andere Sorgen.

Jahre später entdeckte ich sie plötzlich im Fernsehen. Mit Anfang zwanzig wurde sie als Begleitung eines ebenso uralten wie steinreichen Sacks vorgestellt. In ihrem zauberhaft gebauschten, weißen Kleid erinnerte Nadja an ein köstliches Baiser und der etwa Sechzigjährige biss auch prompt hinein und tauschte mit ihr einen ellenlangen Zungenkuss, auf den die Kamera genüsslich draufhielt. „Rainer Passmann, Unternehmer, mit junger Freundin Nadja Treibl" tauchte in der Blende unter den offenen Mündern der beiden auf und der Typ war mir sofort ein Begriff. Selbst im an zwielichtigen Gestalten so reichen Berlin war sein Ruf denkbar schlecht. Scheiße! War Nadja wieder mal verkauft worden oder suchte sie jetzt selbst die Nähe solcher Figuren?

In der nächsten Szene tauchte auch noch ihre Mutter auf. „Rainer versteht sich mit Mamma manchmal besser als mit mir", sagte Nadja und zog einen Schmollmund, während die beiden Älteren einander verlegen zulächelten. Ich konnte mir mittlerweile denken, wie meine ehemalige Schulkameradin das meinte.

*

„Billie, das geht so nicht weiter, es ist definitiv zu eng hier für zwei!", fuhr mich meine Freundin Aurel gereizt am Frühstückstisch an. Der Platz in der schmalen Altbauküche, wo wir beide saßen, war gut dafür gewählt, denn an diesem Ort stimmte es ausnahmsweise. Vor dem Fenster am Ende der langen Küchenzeile hatten wir uns hinter den wackeligen, kleinen Tisch gezwängt, der wenn überhaupt einer Person am Morgen besinnliche Momente gönnte. Nun kamen wir ohne Krach und Gerempel nicht mehr dahinter hervor und nirgends ohne große Umstände heran. Aurels ebenmäßiges Gesicht hatte sich darüber bereits vor Wut verdunkelt.

Trotzdem war es ungerecht. Sie lebte schließlich in einer geerbten Eigentumswohnung in der Bleibtreustraße – fast direkt am Ku'damm und doch ruhig und mit relativ viel Grün – auf satten neunzig Quadratmetern meist allein und unter ständigen Klagen, was zu ihrem Glück alles noch fehlen würde. Dabei wohnte hinter ihrem adretten Äußeren ein echter Messie, also jemand, der sein Heim gnadenlos zumüllt. Auch das wusste sie geschickt zu verbergen, indem sie ihre „Sammlungen" so edel verhängte und drapierte, dass man die Wohnung im Affekt glatt für halb so groß hätte halten können. Optische Täuschung war eben ihre große Stärke. Auch mich hatte sie längst in ein Eckchen verbannt, in dem ich kaum noch auffiel. Aber ich musste natürlich frühstücken.

Ich kann dir helfen, ein bisschen aufzuräumen", startete ich hoffnungsvoll ein Friedensangebot, da ich auf keinen Fall derzeit zurück nach Hause wollte und konnte.

Zu Hause – das war für mich eine dieser Mietwohnungen in einem Block aus den Vierziger Jahren. An sich nicht schlecht geschnitten und groß genug. Aber mit Decken, die ich berühren konnte, wenn ich mich auf einen Hocker stellte (und ich bin nicht groß!). Sowie äußerst knapp bemessenem Restlicht, das sich durch die mickrigen Sprossenfenster ins Hochparterre zwängte. Es ist bestimmt die Zeit, aus der diese Häuser stammen und wieder meine gnadenlos ausufernde Fantasie, aber ich muss dabei immer an die Monumentalbauten der Nazis denken. Da sind die Fenster genauso unterdimensioniert wie bei uns zu Hause. Und das sagt mir etwas über den Kleingeist jener Zeit. Dauernd planten sie für Giganten – aber die Fenster hätten jederzeit in ein Hobbithäuschen gepasst. Bloß nicht zu viel für die Heizung berappen – das einte uns alle.

Unnötigerweise blickte man durch diese Fenster auch noch direkt auf die Autobahn. Und dafür war das Ding noch nicht mal besonders preiswert zu haben und alle tönten, wir könnten froh sein, dass wir endlich so ein schönes Heim unser eigen nennen konnten. Dabei war es das noch nicht einmal, wir wohnten dort zur Miete.

Aber das war es alles nicht, wovor mir grauste. Sondern ich fürchtete mich vor meinem Freund Ilias, der da jetzt allein in der Küche hockte und sein blödes Sportlermüsli schlabberte. Illie & Billie, - was waren wir doch am Anfang für ein Traumpaar gewesen. Keine drei Jahre war das her. Und was hatten wir seither nicht alles unternommen, damit wir keins mehr waren.

„Nein, im Ernst, willst du ihn nicht endlich mal anrufen?", meinte Aurel, die meine Gedanken las und offenkundig nichts vom Aufräumen hielt. Warum auch, konnte sie sich doch an ihren Bergen vorbei immer noch irgendwie ins Warme zwängen. Das einzige, was sie dringend loswerden wollte, war meine Wenigkeit, ich schaute sie nun ebenso grimmig an. „Nein, ich möchte ihn nicht anrufen, Aurel. Ich spreche sowieso nie wieder ein Wort mit dem Typen. Schon sehr bald werde ich die Kraft haben, die Dinge zu ordnen und so lange nimmt mich meine beste Freundin eben dankenswerterweise bei sich auf! So einfach ist das."

Ich hielt meine Kaffeetasse fest umklammert und wartete ab, bis sie mit Augenrollen fertig war und damit aufhörte, lauthals herum zu stöhnen. Uns beiden war klar, dass ich die Dosis steigern würde, wenn sie jetzt nicht nachgab. Dass ich sie daran erinnern müsste, wem sie ihren Job bei den Bullen im Grunde zu verdanken hatte. Dass ich sie bequatschen würde, mich wieder mit aufs Revier zu nehmen und an ihrer natürlich schwer geheimen Arbeit teilhaben zu lassen. Prompt schaute sie auf einmal furchtsam drein. Und hielt endlich die Klappe.

*

„Billie, wie ich sehe, hast du immer noch nichts auf die Reihe bekommen. Und das hier ist ein Tatort, zieh dir wenigstens Handschuhe an!", sagte Gleißner, Aurels Chef, ärgerlich und reichte mir welche. Ich streifte sie umstandslos über, lächelte ihn dabei strahlend an und überhörte sein Gerede.

Gleißner mochte mich. Er hätte mich damals viel lieber im Kommissariat gehabt als Aurel, die sich, auch weil wir spät dran waren, hinter meinem Rücken ins Wohnzimmer zwängte und gleich wieder Wortgefechte mit den Kollegen Brecht (er hieß wirklich so) und Britzke lieferte. Aurel eignete sich überhaupt nicht für ihren Beruf und eigentlich für gar keinen, denn sie war faul, anmaßend und herausfordernd, aber sie sah halt nicht so aus. Ihre Haare bildeten eine beneidenswert schwere, schimmernde Einheit. Eine bronzefarbene Welle, aus der selbst bei starkem Wind kein Härchen auszuscheren wagte und die um ein Gesicht herum rollte, das nicht weniger darbot als eine Projektion hundertprozentiger Verlässlichkeit. Verlangte eine Gefahrenlage, sein Kind einer völlig Fremden anzuvertrauen? Niemand schien sich dafür mehr zu eignen als Aurelia Hammond (klingt britisch, ich weiß, der Papa war Engländer, soweit mir bekannt) und keiner, der nichts näheres über sie wusste (sie konnte Kinder nicht ausstehen), hätte bei der Aktion auch nur ansatzweise gezaudert.

Ihren durchdringenden Blick aus dunkelgrünen Augen konnte kaum etwas erschüttern und er wurde auch nicht durch übertriebene Mimik abgelenkt. Alles reine Show und ihren symbiotisch verbundenen Kollegenzwillingen fiel sie damit schon viel zu lange auf die Nerven. Während Britzke lautstark Sprüche klopfte, hatte sich Brecht bereits brummelnd abgewandt und in einem fort was auch immer abgewunken.

Ihr Chef grinste mich die ganze Zeit an, wie ich gerade bemerkte. Im Grunde freute ihn mein Kommen. „Frauenleiche um die vierzig", sagte er knapp. „Der Typ, der sie wahrscheinlich erschlagen hat, sitzt drüben in der Küche. Kommst du zur Befragung mit?". Nichts lieber als das, ich marschierte hinter ihm her und wir ließen den frotzelnden Haufen im Wohnzimmer zurück.

*

„Na, nee – da brauchen wir Aurel!", platzte es keine zehn Minuten später beinahe unfreiwillig aus mir heraus. In eine Zimmerecke zurückgekehrt beriet ich mich mit Gleißner, weil die „Befragung" des schockgefrosteten Mittsechzigers in der Küche rein gar nichts erbracht hatte. Jemand hatte ihm auch noch eine Beruhigungsspritze verpasst und nun begnügte er sich damit, tief zu atmen und an uns vorbei aus dem Fenster zu stieren.

Ein erstes Vernehmungsprotokoll der Polizei hatte ergeben, dass er in der Dämmerung eine Einbrecherin auf frischer Tat ertappt und im Affekt mit einem gusseisernen Kaminwerkzeug erschlagen hatte. Gleißner, der bei aller Freundlichkeit und Aufgeschlossenheit wie alle bei der Berliner Kripo dazu neigte, offensichtliche Fälle endlos auszuwalzen und alles, was knifflig wirkte, gar nicht erst anzupacken, wollte das anscheinend schon gelten lassen. Obwohl der „Einbrecherin" eine Menge Blut aus dem Hinterkopf über den kanariengelben Blazer gelaufen war, der auch ohne diese Tatsache schon ziemlich auffiel und der

10

Wohnzimmertisch noch mit Kaffee und Kuchen für zwei Personen eingedeckt da stand. Alles reichlich benutzt, auch wenn man abziehen musste, dass sich wahrscheinlich bereits alle Anwesenden bedient hatten wie am Buffet. „Da war wohl jemand grad' gegangen oder er hat noch irgendwen erwartet", sagte Gleißner lahm zu dem Gedeck. „Holen wir mal Aurel!", beharrte ich.

Gleißner gab wie gewöhnlich nach und so tauchte sie mit ihrer naturgegebenen Chefinnen-Aura mit uns beiden im Schlepptau in der Küche auf. Und schlagartig war es vorbei mit dem komatösen Getue des Verdächtigen. Er warf ihr sofort unsichere Blicke zu und begann nervös auf seinem Stuhl herumzurutschen. „Das ist unsere Chefin, Frau Oberkommissarin Hammond, sie hat noch ein paar Fragen an Sie", sagte ich genüßlich und ignorierte, dass Gleißner mir sofort empfindlich auf die Zehen trat. Na bitte, Frauen wie unsere „Chefin" schüchterten ihn ein, diesen eine ganze Zehlendorf-Villa alleine bewohnenden Zahnarzt. Ihm rannen jetzt Ströme von Schweiß über die Stirn.

*

Das Wohnzimmer hatte reichlich verqualmt gewirkt, das war mir anfangs gleich aufgefallen. Ich hatte mich vor dem stinkenden Kamin gebückt, in dem augenscheinlich ein Packen Papier mit verbrannt worden war und Blätterreste mit Hilfe meines Taschenmessers auseinander genestelt. Ein einziger Schnipsel davon schien brauchbar, die Worte - „usgesucht, dich zu lieben, mein klei" - wiesen darauf hin, dass es sich wohl um Liebesbriefe handelte, die jemand nie wieder hatte sehen wollen. Der Verfasser und Bewohner dieses Hauses, wie ich annahm.

Dann wandte ich mich der Geldbörse der Toten zu, die jemand aus ihrer Tasche genommen und auf den Tisch gelegt hatte. Daneben lagen ihr Personalausweis, der Führerschein und etwas Geld, mehr hatte niemanden interessiert. Dem Ausweis nach handelte es sich um die ledige und kinderlose Almut Eschenbach, die tatsächlich in einigen Tagen vierzig Jahre alt geworden wäre.

Ich untersuchte ihr Portemonnaie genauer und fand neben zwei Katzenbildern noch ein Foto. Darauf lächelten drei Leute in die Kamera. Ein Mann stand zwischen einer Frau und einem etwa zwölfjährigen Mädchen und umarmte die beiden. Während er jedoch das munter strahlende Kind auffallend eng an sich gedrückt hielt, baumelte sein anderer Arm achtlos wie ein toter Fisch über der Schulter der Frau.

In dem Mann erkannte ich wenig später unseren Verdächtigen in der Küche wieder. Das Foto war vielleicht vor fünfundzwanzig oder dreißig Jahren aufgenommen worden, schätzte ich. Und in dem Augenblick war Gleißner mit seinem Paar Extra-Handschuhe zu mir getreten.

„Was unserer Frau Oberkommissarin sonderbar vorkommt, ist die Kleidung der toten Frau in Ihrem Wohnzimmer. So ist doch sicherlich keine Einbrecherin angezogen", nahm ich den Gesprächsfaden in der Küche wieder auf, wobei Aurel streng dazu nickte. Der Zahnarzt zuckte heftig zusammen und schaute nun gehetzt abwechselnd von Aurel zu der Fotografie in meiner Hand, welche ich vor ihn auf den Küchentisch legte. „Nein", sagte er, während er zu weinen anfing und andauernd heftig den Kopf schüttelte. „Das ist doch alles so lange her, das interessiert doch heute niemanden mehr. Ich habe niemals jemandem etwas getan, bin niemals straffällig geworden, das schwöre ich!" Unter seinen Achseln bildeten sich enorme Schweißflecken, es begann in der Küche zu riechen wie in einer Sportlerumkleide.

„Das sind doch aber Sie auf dem Foto", bemerkte Gleißner, der sich das Bild genauer betrachtete. „Ist das Ihre Tochter und sind das Mädel und die tote Frau im Wohnzimmer ein und dieselbe Person? Haben Sie beide sich also gekannt? Sind Sie vielleicht von ihr erpresst worden?", „Nein, nein, nein ...". Bei jeder Frage ging das Kopfschütteln unablässig weiter, seine Tränen tropften auf den Küchentisch.

Nun beugte sich auch Aurel zu dem Verdächtigen vor. „Sie wohnen doch hier ganz allein, haben offensichtlich keine Angehörigen", stellte sie fest. „Sind Sie homosexuell?" - „Nein doch! Nein, nein, nein ... ."

Zeit, mich wieder reinzuhängen, sonst ging das hier zu schleppend voran. „Dann haben Sie es sich damals nicht ausgesucht, ein Kind zu lieben und Frau Eschenbach hat es sich nicht ausgesucht, als Kind von Ihnen geliebt zu werden", sagte ich und legte den Liebesbriefschnipsel neben das Foto und ebenfalls vor ihn hin.

Ein offenbar lange aufgestauter Sturm aus haltlosen Schluchzern entlud sich danach über den Küchentisch. Es schüttelte den Verdächtigen dermaßen, dass er minutenlang nicht in der Lage war zu sprechen. Anschließend verstanden wir bloß noch Satzfetzen wie „... niemals jemanden zu etwas gezwungen ...", „ ... hätte alles zerstört, was ich mir aufgebaut habe ..." und „ ... wusste doch nicht, was sie nach all den Jahren noch von mir gewollt hat". Darüber hinaus schien es ihm unendlich wichtig, dass seine Mutter ihm einmal würde vergeben können, wohingegen er uns drei kaum noch wahrnahm. Was uns recht war.

Almut Eschenbach war eine mutige Frau gewesen, die wohl versucht hatte, ein mehr oder weniger sexuelles Verhältnis für sich zu klären, in das sie von dem vorgeblichen Freund ihrer Mutter als kaum zwölfjähriges Mädchen hineingezogen worden war.

Wir würden nie erfahren, was sie Zeit ihres Lebens am meisten daran verstört hatte oder auch nur einen ihrer Gründe dafür, diesen Mann nach Jahrzehnten wieder aufzusuchen. Lag ihr immer noch etwas an dem Kerl? Hatte sie Aufschluss über seine Pädophilie haben und ihn vielleicht tatsächlich damit konfrontieren oder unter Druck setzen wollen? Oder war sie einfach nie über den vermeintlich gemeinsamen Verrat an ihrer Mutter hinweggekommen? Und wer weiß denn, welche lebenslangen Wunden es in einem Menschen schlägt, als Kind so viel Aufmerksamkeit und sogar Begehren zu erfahren um dann später, wenn er reif genug dafür wäre, einfach völlig uninteressant für jemanden geworden zu sein, was wohl einer ultimativen Abwertung der eigenen Person gleichkommen dürfte.

Was wir aus Dr. med. dent. Gisbert Beier-Hold (für mich trotz seiner Tränen nur noch *Unhold*) herausbekamen, war einzig seine grenzenlose Angst, die nach Almuts Erscheinen in Panik umgeschlagen war. Mit ihrer etwas grellbunten Attraktivität hatte sie ihn wie alle Frauen an seine dominante Mutter erinnert. Darüber hinaus suchte keines der anderen, ehemaligen Kinder, denen er sich nach dem immer gleichen Schema, nämlich dem geheuchelten Interesse an der Mutter, genähert hatte, jemals wieder Kontakt zu ihm. Nachdem er jeweils bei Einsetzen der Pubertät das Weite gesucht und alle Brücken hinter sich abgebrochen hatte.

Die Mädchen hätten ihn doch immer ganz schnell vergessen, behauptete er schmollend und vor Selbstmitleid triefend. Wahrscheinlich, weil er selbst sofort jegliches Interesse verlor, sobald aus den Kindern Frauen wurden.

Almut aber hatte nichts vergessen. Als sie bei dem Treffen plötzlich seine ganzen, alten Briefe auspackte, sah er keinen anderen Ausweg mehr als sie hinterrücks zu erschlagen.

16

„Abführen!", rief Aurel, die sich ein bisschen sehr in ihre Rolle als Frau Oberkommissarin hineingesteigert hatte und „Au-aaa!!", als ihr Gleißner gleich im Anschluss auf die Zehen stieg.

Aber nachdem wir die Villa verlassen hatten, richteten sich alle Augen mit einem Mal auf mich. „Billie, so geht das doch nicht weiter! Niemand hat verlangt, dass du in den Kamin kriechst", „Willst du hier jetzt jeden Tag mitmachen?" und „Jetzt regle bitte endlich deine Angelegenheiten!" war noch das freundlichste, was ich zu hören bekam. Ihr undankbares Pack, dachte ich wütend, drehte mich wortlos um und machte mich davon. Hatte sich vielleicht einer der Herren oder meine liebe Freundin schmutzig gemacht, um zur Klärung des Falles beizutragen? Und in dem blöden Plastikanzug von der Spurensicherung hätte ich mich doch überhaupt nicht mehr bewegen können. Da konnte man mir wenigstens mal die Reinigung bezahlen, mehr hatte ich ja gar nicht verlangt.

Ach, hatte ich das schon erwähnt? Schwanger war ich auch noch, Ende siebter Monat.

*

Ich hatte die Haustür noch nicht hinter mir geschlossen, da bekam ich bereits gründlich eine verpasst. Wie zur Antwort knallte ich mit dem Kopf irgendwo gegen und sah zurückweichend mein Blut über die unlängst renovierte Wand laufen. „Das bringst du wieder in Ordnung", gurgelte ich, während Ilias fortfuhr, mich zu traktieren.

Ja, Herrgott, ich werde geschlagen und ja, verdammt, vom Vater meines werdenden Kindes und hoffentlich überstanden wir das beide hier lebend. Also, das Kind und ich, um den Scheißkerl machte ich mir bestimmt keine Sorgen.

Wenigstens zog ich keine Show mehr ab, weder mittendrin noch hinterher. Um den ganzen Akt irgendwie für uns beide zu rechtfertigen. Ich spielte hernach nicht mehr die Coole: „Fühlst du dich jetzt besser?" oder die Abgeklärte: „Hör mal zu, so kann das doch mit uns nicht weitergehen … ". Ich flehte ihn nicht mehr schluchzend an, endlich damit aufzuhören und ich schlug auch nicht mehr zurück. Ich wurde nicht mehr sarkastisch und ich glaube, ich hatte noch nicht einmal einen sonderlich erhöhten Puls. Ich glaube tatsächlich, ich wusste einfach zu viel darüber, wie das hier ablief. Wieder mal, musste man ja sagen. Ich hielt einfach so still, wie ich es mir im Auge eines Orkans vorstellte und wusste, es würde vorbei gehen. Es war bisher noch jedes Mal vorbei gegangen, darauf war als einziges Verlass. Immerhin.

Was er danach sagen oder tun würde, war mir längst völlig egal. Es spielte keine Rolle mehr. Natürlich ahnte mein geschundener Kopf, dass ich etwas zu dem Dilemma, in dem ich steckte, beigetragen haben musste. Dass ich mir unbewusst wieder so jemanden ausgesucht hatte wie meinen prügelnden Alkoholiker-Vater. Rein theoretisch war das ja alles schon sonnenklar und auch nachvollziehbar. Aber mein Herz kapierte trotzdem nicht, was sich da abspielte und ich wusste, ich würde das im Grunde meines Daseins nicht eine Sekunde lang verstehen, nie. Da war ich mir sicher. Für mich blieb das Ganze einfach für alle Zeiten ein vollkommen unerklärliches Phänomen. Ein Albtraum, aus dem es überhaupt kein Erwachen gab, scheinbar noch nicht einmal ein böses.

Warum sich der schöne und überlegene griechische Gott Ilias Theodorakis, bei dem sich jeder wunderte, wieso er sich überhaupt mit mir grauem Mäuschen abgab, erst wie durch einen üblen Zauberspruch und dann auch mal ganz unverhohlen und ohne Anlass in ein brutales Arschloch verwandeln konnte, das urplötzlich ein Gesicht zeigte, das ich nicht wiedererkannte und unter wüsten Flüchen auf mich eindrosch, bis er davon müde wurde, was dauern konnte. Was um alles in der Welt machte den Mann so dermaßen schnell und so über alle Maßen wütend? Wieso brachte er es fertig, derart kaltblütig ein Handtuch zu nässen, damit sein Tun damit dann möglichst wenig Spuren auf mir hinterließ? Während ich schon lange den größten Tolpatsch des Erdenrunds gab, welcher offenkundig nicht anders konnte, als über jeden Bordstein zu stürzen und mit der fatalen Neigung ausgestattet, des öfteren in Scheiben zu rennen.

Selbst uns beiden gegenüber hatte er mit seinen Attacken schon ganz kurze Zeit später nichts mehr zu tun, aber auch nicht das geringste. Er ging unmittelbar zum Alltag über und überließ es mir, über Stunden und Tage fassungslos und wie blind umherzurennen, mir Erklärungen auszudenken oder gar die Verantwortung übernehmen zu wollen. Und wenn jemand auf die Idee kam, Fotos von uns zu machen, lag ich wieder matt lächelnd und scheinbar gut geschützt in Ilias' Armen. Eines schönen Tages würde ich alle Bilder vernichten und kein einziges aufheben, das nahm ich mir jetzt ein für allemal vor, während ich vorsichtig die immer größer werdende Schwellung über meinem linken Ohr befühlte.

Ich war gewiss nicht die Sorte geschlagener Frau, die anschließend im neuen Pelzmantel herumlief und beteuerte, wie schrecklich Leid ihrem Mann das alles inzwischen täte. Ich hätte auch so viel beteuern können, wie ich wollte. Niemand hätte mir geglaubt, niemand hätte es sich überhaupt vorzustellen vermocht. Ich glaubte es mir ja zuweilen selbst nicht, was ich da für ein Leben führte.

*

„Ich habe einen Fehler gemacht", stammelte ich, als mir Aurel endlich widerstrebend und total verpennt die Tür aufmachte. „Oh Gott, Billie!", - sie war schlagartig wach und zerrte mich zu sich in die Wohnung. Mit dem Hintern kickte sie die Wohnungstür wieder zu und drückte den Rücken dagegen, als müsste sie jemanden am Eindringen hindern. Sie starrte mich aus riesigen Augen an, sagte immerzu „Oh Gott, er schlägt dich!" und „Dann ist es also wahr!", drängte mich eilig in die Küche auf ihren Lieblingsplatz an dem winzigen Tisch und goss uns unpassender weise ein Glas warmen Sekt aus einer Flasche, die herumstand, ein. „Trink das!", befahl sie, ich protestierte schwach „und das Baby?". Wortlos waren wir uns dann aber einig, dass auch das Baby jetzt einen Schluck vertragen konnte und ich leerte folgsam das Glas.

Hilflos schwiegen wie ein paar quälende Minuten lang, dann sagte ich wie in Zeitlupe „Verstehst du jetzt, warum ich da nicht mehr hin kann?", woraufhin sie bloß stumm nickte. „Ach, Billie", sagte sie schließlich. „Überhaupt gar nicht mehr, nie wieder, nicht wahr?". Und ich begriff plötzlich, warum sie meine Freundin war, die so aufgeräumt wirkende, innerlich so chaotische Aurel, meine einzige Freundin. „Was wirst du dem Baby mal sagen?", fragte sie. Ich schaute eine gefühlte Ewigkeit lang aus dem schmalen, hohen Fenster in den grünen Innenhof. „Keine Ahnung", antwortete ich schließlich mit einem mir selbst fremden Stimme und wie aus weiter Ferne. „Aber es bleibt ja noch ein bisschen Zeit, dass ich mir was überlege. Oder nicht?"

Später, als wir bei Aurel notdürftig meine Lagerstatt einrichteten, platzte es geradezu aus ihr heraus, dass sie sich ja für wenig auf der Welt schäme, dafür aber schon. „Hmm?", machte ich müde, „du kannst doch gar nichts dafür." - „Quatsch, doch nicht für deine Situation.". Sie sah mit einem abgehetzten Gesicht, welches ganz und gar unüblich für sie war, von der Matratze auf, die sie gerade bezog. „Aber Tatsache ist, dass wir dich einfach brauchen, Billie. Grad jetzt und dafür schäme ich mich. Du bist hochschwanger und man merkt wirklich, dass du einen Haufen Probleme hast.

Aber wir können dich einfach nicht in Ruhe lassen. Denn ohne dich geht's nicht in dem Fall. Da sind wir uns im Kommissariat alle einig. Billie, wir brauchen dich, sogar jetzt noch. Denn wir müssen Lance Groover drankriegen! Unbedingt und so bald wie möglich drankriegen."

*

Eine Sache gibt es, für die ich meinem Prügelfreund Ilias dankbar bin und auch meinem Alkoholiker-Papa, der die Ausrasterei ja quasi als Hobby betrieben hat. Ich bin froh, dass mich keiner von denen jemals vergewaltigt hat. Denn vergewaltigt werden geht echt an die Substanz. Eigentlich gibt es nichts, was einen so sehr zusammenschießt wie das, ich lüge nicht. Woher ich das weiß? Ich weiß es, weil Lance Groover mich vergewaltigt hat.

Er hätte es natürlich beileibe niemals so genannt und gesehen. Und ich dummes Huhn hätte es auch nie von ihm erwartet. Unser von allen angehimmelter Mitschüler aus dem Oberstufenzentrum, den wir bescheuerter weise Lance Groover nannten, weil uns das an irgendwelche allseits beknieten Frontmänner von Boygroups erinnerte – was immerhin ganz hervorragend zu ihm passte.

Zu seinem Sixpack, das er bei jeder Gelegenheit auspackte. Zu den Grübchen in seinen Wangen, die immer da waren und nicht nur, wenn er wie fast immer unverschämt gut gelaunt grinste. Zu den halb geschlossenen Augenlidern, unter denen er einen Kaugummi-kauend ewige Zeiten mustern konnte, ohne dass man auch nur ansatzweise gewusst hätte, was der Junge wirklich dachte. Ja. Lance Groover passte gut, viel besser als sein Matthias irgendwas, wie er in Wahrheit hieß. Lance Groover passte, weil es die Sehnsucht mit all der sagenhaften Albernheit verband, die uns Mädels bei ihm unweigerlich erfasste. Mich, alle anderen und Aurel selbstverständlich auch.

„Was, wieso? Was soll das?", sagte ich nun kolossal verwirrt zu ihr und rappelte mich von der Matratze wieder hoch, in die ich mich gerade so wonnevoll hatte sinken lassen. Meine Riesenbeule pochte und ich starrte Aurel schmerzerfüllt aus zusammengekniffenen Sehschlitzen an. „Mach' mich nicht fertig", setzte ich nach. „Ihr wollt Lance Groover drankriegen? Und ich soll euch dabei helfen? Wessen Idee war das denn?"

Und im gleichen Moment fiel es mir wieder ein. Am liebsten hätte ich mir vor Scham die Hände vors Gesicht geschlagen, ließ es aber, Aurels wegen. Sie war seinerzeit nicht mit dabei gewesen, als ich damals noch in der Polizeischule von all den Kollegen-Kerlen dabei ertappt worden war, mit dem Großkriminellen Matthias Brandenburg alias Lance Groover was am Laufen gehabt zu haben.

Wir hatten alle einander wortlos angestarrt. Also ich all die anderen und alle anderen mich. Gleißner war als Chef natürlich mit von der Partie, seine Zwillinge Brecht und Britzke auch schon und noch ein paar aus der Kriminal-Inspektion. Es war die Nachbearbeitung zu einer Razzia, soweit ich mich erinnerte und die Fakten sprachen beklemmender weise allesamt dafür, dass ich mit dem Hauptverdächtigen im Bett gelandet war. „Na, und?" hatte ich in die Ecke gedrängt noch frech hervor gepresst. „Und wie hätte ich denn bitte sonst an den Mann 'rankommen sollen?"

Schweigen. Wir starrten alle weiter. Und dann war etwas passiert, womit ich nie und nimmer gerechnet hätte. Sie warfen mich nicht hinaus. Keiner machte schmierige Andeutungen oder witzelte zweideutig. „Na ja, klingt logisch. Und musst du ja wissen, wie weit du gehst", sagte bloß einer bedächtig und die

Männerrunde nickte verständig. Der ganze Haufen schien im Grunde total beeindruckt. Ich kam nicht nur durch damit, sondern galt fortan als eine, die vor nichts zurückschreckte und für den Job einfach alles gab. Ich konnte es kaum fassen, aber seitdem hatte ich den Respekt des ganzen Teams. Unglaublich.

Mein „In meinem Zustand bin ich ja wohl kaum interessant für den Typen!" schluckte ich bei Aurel gerade noch rechtzeitig wieder hinunter und fragte mich, wie sie es sich wohl erklärt haben mochte, dass alle mich zu brauchen meinten, um Lance Groover „dranzukriegen". Aber egal, es war so viel passiert, dass wir kaum noch die Augen offen halten konnten und auf der Stelle schlafen gingen.

Die Geschichte mit Lance Groover begleitete mich durch meine ohnehin schon wirren Träume.

*

Eine Sache gibt es, für die ich diesem Typen auch noch dankbar bin. Keiner hat es so sehr verstanden und es wird auch nie wieder jemanden geben, der mir so sehr das Gefühl verschaffte, ich sei der einzige Mensch auf der verdammten weiten Welt, an den er glauben könnte. Und den er deshalb wahrhaft großartig finden würde. Kinder, so was pusht vielleicht den Selbstwert. Ich schwebte auf Wolke

Sieben, ich war wie im Rausch und ich kenne nichts, was dieser sprichwörtlich jungfräulichen Empfindung gleich käme.

Geschenkt, dass ich es wohl bitter nötig hatte, in irgendeiner Form wichtig für jemanden zu sein. Hatten sich andere Menschen in meinem Leben doch immer sehr viel Mühe gegeben, mir klarzumachen, dass ich ihnen nichts bedeutete. Eine totale Null, die nichts anderes verdient hatte als das, was ihr eben widerfuhr.

Die Kerle hatten das immer auf wundersame Weise erkannt und ich hatte gewusst, dass sie es wussten und wenn sie es bis dato etwa noch nicht gewusst hatten, ahnten sie es und brauchten mich bloß versuchsweise anzutippen, um sofort Bescheid zu wissen. Es war, als hätte mich einer für alle weiteren klar gemacht, auf die ich dann manisch und wie an der Schnur gezogen hereinfiel. Und natürlich hatte auch Lance Groover alias Matthias Dingsda auf dieser Klaviatur mit mir gespielt, nur eben dieses Mal mit umgekehrten Vorzeichen. Sperrten mich die übrigen in einen inneren Käfig, so führte er mich am Ring durch die Manege. Aber auf diese Art ausgenutzt zu werden, war neu für mich und ich fand es wohl unvergleichlich. Von diesem Trip bin ich erst wieder runter gekommen, als das mit Fake passierte.

Fake war das andere Mädchen aus meiner Klasse, für das sich Lance nach seiner Versetzung zu uns anfangs scheinbar brennend interessiert hatte. Mit dem es ihm nichts ausgemacht hatte, beinahe schüchtern stundenlang in den zugigsten Ecken herumzustehen. Zu dem er sich vorbeugen konnte, bis seine Locke ihr fast ins Gesicht fiel. Der er die Tür erst aufgehalten und sie dann zusammen mit sich selbst darin fast eingeklemmt hatte.

Und Fake war der Typ gewesen, der so was toll fand. Der quietschende Lachanfälle bekam, bei dem man sie entweder für einen Lachsack halten oder sofort den Arzt holen wollte. Heute denke ich, sie war einfach ein misshandelter Mensch, kein bisschen anders als ich. Jemand, mit dem man all das machen konnte, worin die Säcke gut sind. Und dass sie das im Grunde genau wusste und sich deshalb die ganze Zeit die Birne zukiffte. Damit sie nicht mehr mitbekam, wie er das Interesse verlor und sie nur noch in seiner Bude hockte wie ein Gegenstand, den er mal irgendwo aufgelesen hatte. Damit sie nicht mehr wahrnahm, wie er verächtlich „Is' halt Fake. Kennste doch" sagte und bloß noch die Achseln zuckte. Bis sie eines Tages restlos zugedröhnt aus dem Fenster seiner Wohnung im vierten Stock kippte. Und noch auf dem Weg ins Krankenhaus starb.

*

Ohne Frage war es eine Wahnsinnswohnung. Altbau, genau dort, wo Dahlem in Steglitz übergeht. Gegenüber von dem verfallenen, kleinen Schlosstheater und seinem verwilderten Garten. Vier riesige Zimmer und noch ein Kämmerlein dabei, in dem man sich ganz geborgen fühlen durfte. Endlos hohe Decken mit lauter Stuck und eine Super-Loggia mit verzierter Säule, an der Lance oft lehnte, rauchte und einem nicht antwortete, wenn man ihn fragte, wie ein Bengel wie er dazu kam, so ein Ding allein zu bewohnen. So wie er einem auch nicht sagte, wieso er auf unserer Schule bleiben durfte, obwohl er so viel älter war als wir und eigentlich nie versetzt wurde.

Aber fange ich erst einmal damit an, kann ich nicht mehr aufhören mit meinen verdammten Fragen. Und so erkundigte ich mich bei Lance Groover ein paar Wochen nach Fakes Tod fast flüsternd, wie er denn unter den gegebenen Umständen dort wohnen bleiben konnte.

Seine Reaktion war ein einziger Reflex. Er hob abrupt den Kopf, brüllte mir „Spinnst du?" ins Gesicht und sagte dann mit rauer Stimme, ich wüsste doch ganz genau, wie drauf Fake gewesen sei (was ich nie bestritten hatte). Lance fing an zu brüllen: „Die Braut hat seit Urzeiten abgeloosed und sich für ihren Scheißabgang ausgerechnet mein Zuhause hergenommen. Und du denkst, dass ich die Bude hier jetzt räume? Hast du 'nen Knall?"

Und von dem Knall bin ich dann seinerzeit endlich aufgewacht.

*

„Sag' mal, wie hieß die Fake noch mal in echt?", erkundigte ich mich morgens am Frühstückstisch bei Aurel, die ihren Blick fest auf die Frauenzeitschrift in ihrer Hand gerichtet hielt, auf das Horoskop, um genau zu sein, jedenfalls nahm ich das an. Und die schon wieder quarzte, ohne sich um meinen Zustand zu kümmern, wobei sie ein golden umrandetes Untertässchen als Aschenbecher benutzte, ein Erbstück ihrer Oma. Als sie mir keinerlei Beachtung schenkte, wand ich ihr die Zeitschrift aus der Hand, schaute flüchtig auf Make up-Tipps, die einen vollkommen nackt aussehen lassen konnten, schüttelte fassungslos den Kopf und blätterte eilig weiter, auf der Suche nach dem Horoskop.

„Echt jetzt, du hast sie ja nicht alle!", rief Aurel böse, riss endlich das Fenster auf und goss sich Tee nach. „Fake hieß Marilyn, deshalb Fake. Und wegen der ausgestopften Titten. Man konnte sie nicht anschauen, ohne sich darüber zu bepfeifen, weißt du noch? Und sie guckte dann immer todernst zurück." - „Ja, mit ihren Scheinwerfer-Augen", fiel ich ihr, mich entsinnend, ins Wort. „Die immerhin waren echt! Glaube ich jedenfalls."

Wir grinsten und Aurel knöpfte mir ihre Zeitschrift umstandslos wieder ab. „Unser Horoskop ist scheiße, das hätte ich dir auch sagen können. Und sie hieß Beuerlein, Marilyn Beuerlein, mit 'eu'. Auch alles Fake bei der Fake. Nicht mal 'n richtiger Bauer war sie!" Nun lachten wir ausgelassen, weil das so komisch war und verstummten gleich wieder, denn Fake, die uns so zum Lachen brachte, gab es ja schon lange nicht mehr.

*

Bei Lenis Geburt war ich den Leuten im Krankenhaus irrsinnig dankbar. Ich genoss die Fürsorge so sehr, als sei ich selbst das Kind, dem auf die Welt geholfen wurde. Natürlich ist so eine Geburt kein Kinderspiel und sprengte meine sportlichen Grenzen im Nu. Aber trotzdem.

Und apropos Leni. Als mir jemand mein Baby in den Arm legte, schaute meine Minuten alte Tochter in etwa so wach und prüfend zurück, wie sie von mir betrachtet wurde. Wir beide brauchten kein Mutter-Kind-Dings-Trallala, sondern waren von Anfang an ein eingeschworenes Team Survival, bei dem mein Kleines ausgesprochen tüchtig und in der Regel ohne zu mucken mithielt. Das war mir unsagbar viel wert und uns beiden so was von recht. Wir konnten uns aufeinander verlassen und waren beide sofort bereit, alles dafür zu tun. Was für ein Glück.

Entschuldigung, aber das war mir furchtbar wichtig. Weil ich ein solches Eingeschworen-sein bislang nicht kannte. Dafür habe ich es in meinem Umfeld, ach was – in meinem gesamten, bisherigen Dasein schmerzlichst vermisst. Meine Mutter, deren Blick ich immer nur ungern erwiderte, weil mich die absolut hoffnungslosen Dunkelseen, aus denen sie mich unangenehm lange ansah, sonst früher oder später in einen Strudel aus Unruhe und Verzweiflung stürzten. Als sie dann immer öfter im Krankenhaus verschwand und irgendwann überhaupt nicht mehr auftauchte, wusste ich nicht einmal, woran sie gestorben war und ich hätte es wahrscheinlich auch gar nicht ertragen, das zu wissen. Das ist bis heute so, ich würde nie auf die Idee kommen, meinen Vater danach zu fragen. Und wer weiß, ob er es selbst überhaupt so genau weiß.

Danach wurde alles richtig schlimm. Mit meinen nicht mal zehn Jahren war ich fortan mit meinem trinkenden Vater allein und völlig auf mich gestellt. Außer uns gab es niemanden, dazu kaum Geld, weil er in seiner Firma irgendwas gemacht hatte. Woraufhin er dort rausgeflogen war und nie wieder einen Job fand, der seinen Ansprüchen gerecht geworden wäre. Darunter tat er's nicht und so war und blieb er eben arbeitslos. Trotzdem musste ich von Anfang an den Haushalt schmeißen, außer wenn er nüchtern war, was so gut wie nie vorkam und auch nie lang andauerte.

So lernte ich Fertiggerichte aufzuwärmen, einzukaufen und mir dauernd Ausreden auszudenken, warum Supermarktangestellte einem Kind wie mir Schnaps verkaufen sollten, was erstaunlich oft klappte. Ich lernte, die Wäsche in den Waschsalon und zurück zu schaffen, weil unsere Waschmaschine seit langem den Geist aufgegeben hatte. War 'ne Menge Vollgekotztes dabei. Wohlgemerkt das alles mit gerade mal zehn.

Mein Papa ist kein schlechter Mensch und er tat mir bei alldem auch noch furchtbar Leid, das war vielleicht das größte Elend. Das Problem aber war, dass er sich die Nerven schlicht weggesoffen hatte und deswegen immer mit allem sofort auf Kante genäht war. Und dann brauchte er für jeden noch so kleinen Mist eben einen Schuldigen. Mich.

An dieser ganzen Misere lag es wahrscheinlich, dass ich eine Niete war, welche auch noch haufenweise schlechte Noten mit nach Hause brachte. Vor allem Schullarbeiten wollte ich nicht machen, dafür hätte ich erst mal Zeit haben müssen. Ja, richtig gehört, es war mein Vater, der immer von den Schullarbeiten sprach. Als lägen ausgerechnet ihm die besonders am Herzen. Bei seiner komischen Aussprache war mir immer zumute, als müsste ich nicht zur Schule gehen, sondern mir lauere eine gewisse Schulle auf, um mich dann für sich arbeiten zu lassen. Für lau natürlich, denn das meiste lernte man ja für sich und – *Obacht!* - für das Leben.

Dagegen hätte ich ja nun am wenigsten gehabt. Ich hätte liebend gern was fürs Leben gelernt, also für *dieses* Leben. So hoffte ich beispielsweise auf praktische Hilfe bei der echt schwierigen Frage, wie man ohne gekauften oder geklauten Schnaps nach

Hause kommen kann und dafür nicht gleich verdroschen wird.

Was mir darüber hinaus jedoch einfach nicht in den Schädel passte, war, wie sich gleichschenklige Dreiecke nutzbringend in die Sache hätten einfügen lassen. Also hörte ich auf, den Schulstoff ernst zu nehmen. War das mein Fehler? Mit großer Wahrscheinlichkeit ja.

Darauf war ich gekommen, weil mich bei verschiedenen Gelegenheiten unsere sogenannten Vertrauenslehrer zum Gespräch baten. Ihnen war nicht entgangen, dass ich schulisch weit unter meinen Möglichkeiten blieb, wie sie fanden. Nun überboten sie einander sogar dabei, herauszukriegen, warum. Und sie lasen in mir wie in einem offenen Buch: „Was dir fehlt, ist Vertrauen, Sibylle. Hab' doch ein bisschen mehr Vertrauen ins Leben!"

Nun hatte ich altes Offenherz immer brühwarm berichtet, wie es bei uns zu Hause zuging. Und ich hätte ja auch wirklich gerne Vertrauen entwickelt, wenn mich mal jemand dorthin begleitet hätte, um sich das anzusehen. Aber Pustekuchen, die Herrschaften waren ja nicht zuständig und erwähnten nur vage murmelnd das Jugendamt, wo ich mit der Zeit weitere, ähnlich willige 'Vertrauensleute' verortete.

Anstatt fleißig zu lernen, versank ich fortan in der Betrachtung meiner paukenden Mitschüler. Ich entwickelte nicht wenig Ehrgeiz dabei, zu wissen, was in ihnen vorging und warum. Und so fand ich mich eines schönen Tages in der Jungen-Umkleide wieder und setzte mich neben Alois, der mit gesenktem Kopf eine Leine auf ihre Reißfestigkeit prüfte, da waren wir beide vielleicht dreizehn, vierzehn Jahre alt.

„Du dürftest überhaupt nicht hier sein, was machst du hier?", fragte er ohne aufzusehen, während ich mir wie ein echter Profi eine anzündete. „Dasselbe wie du, ich schwänze", sagte ich und blies den Rauch netterweise nicht in seine Richtung. „Deshalb bin ich ja hier auch genau richtig."

Über meinen eigenen Idiotenscherz musste ich mich halb tot gackern, während er keine Miene verzog. „Im Ernst, was willst du mit dem Baumarktkram?", fragte ich ihn, nachdem ich mich wieder eingekriegt hatte. Worauf er bloß mit den Schultern zuckte und noch mehr an seiner Leine riss, „das verstehst du nicht, Billie." Offenbar plante er ein Projekt, für das er unbedingt einen Strick brauchte.

„Nö", sagte ich. „Weißt du, ich krieg' ja sowieso nichts mit. Frau Röttger meint, das kommt, weil mir das Vertrauen fehlt!". Nach einer kurzen Pause prusteten wir los und wollten uns darüber ausschütten vor Lachen. „Ok, ich seh's ein. Ich seh's ein. Dir macht's auch keiner leicht", meinte Alois keuchend und sich den Bauch haltend und wir grinsten ein bisschen verschwörerisch. Dabei hatte er recht damit, denn auch wenn sie ihm in der Schule reichlich zusetzten, weil er irgendwie Ößie oder aus Bayern war und ich nicht wusste, was bei ihm zu Hause so lief, hielt ich es für durchaus denkbar, dass ich die ärmere Sau von uns beiden war. „Was mischt du dich da eigentlich ein?", fragte er plötzlich sehr leise, das heißt, eigentlich zischte er es durch heftig zusammen gepresste Zähne.

„Weil … ", fing ich an, wobei ich probierte, einen Rauchring in die Luft zu schicken. Es klappte und wir schauten dem taumelnden, weißen Kringel staunend hinterher, ich voller Stolz. „Weil ich es satt habe, mitzukriegen, wie die Leute hier ausflippen", meinte ich schließlich und merkte, wie er sich immer weiter in sich zurückzog. „Mach' doch was du willst, Alois", sagte ich und drückte den Stummel an der Wand aus. Ich sah ihm direkt in die Augen und sprach dann weiter: „Aber mit jedem, der geht, wird auch mein Eis dünner. Leuchtet dir das ein?"

Wir hatten einander angeschaut und dann schnell wieder weggesehen. „Heißt das, wir gehen miteinander?", hatte er nach einer Weile hoffnungsvoll gefragt. Ich wollte eigentlich gar nicht, aber der Wunsch ihn zu retten war stärker, also nickte ich: „Gut. Ok."

Er sollte mir natürlich nicht bekommen, der Alois. Er hatte mich quasi erpresst und sollte das auch weiterhin auf die übelste Weise tun. Jahre später brachte er sich doch irgendwann um, da waren wir aber schon lange nicht mehr zusammen. Für den Moment aber hatte ich gewonnen. Gesiegt über den blöden Unterricht, über Alois und seinen Wunsch zu sterben und besonders über das Leben, für das ich währenddessen hätte lernen sollen.

Damals sprang er auf, knallte das verdammte Seil in den Spind und dessen Tür zu. Dann nahm er mein Gesicht in seine Hände, um mich ganz vorsichtig und umständlich zu küssen.

*

„Billllliiiieee...!"- Aurel hielt mein strampelndes, kieksendes Baby weit ausgestreckt von sich weg und warf die ganze Zeit flehentliche Blicke in meine

Richtung. „Jetzt komm' doch mal bitte!". Ich stand ein Stück weiter weg mit Gleißner zusammen und ignorierte beide nach Kräften, was die gesamte Inspektion königlich amüsierte. Außer Brecht und Britzke stand noch Wolf Guntermann herum, ein Kollege von der Sitte, der restlos in Aurel vernarrt war und deshalb so oft er konnte vorbei schaute. „Steht dir doch echt gut, das Kleine", warf er, hoffnungsfroh wie gewöhnlich, ein. Was seine Angebetete prompt noch mehr an den Rand brachte.

In Aurels Küche pflegten wir schamlos über den Typen herzuziehen, seine Art kam uns total glibberig vor. Jetzt aber hatte Aurel dafür wenig Sinn. „Sibylle Oedland! Du weißt, ich tu' viel für dich", zeterte sie lautstark durch die Gegend. „Doch alles hat seine Grenzen. Du nimmst jetzt deine Tochter und windelst sie. Los, nimm' sie! Das stinkt hier wie Sau!"

Unter dem Gegröle der Kerle schnappte ich mir Leni und stapfte mit ihr an dem bloß verblüfft dreinschauenden Gleißner vorbei in dessen Büro, in dem ein Wickeltischchen in der Ecke davon kündete, dass er vor gar nicht langer Zeit dort seinem eingeschmuggelten Sohn die Windeln gewechselt hatte. Was alles so was von gegen die Vorschriften war, das es dafür keine Worte mehr gab. Frische

Windeln, Puder und alles lag noch da, also schritt ich umstandslos zur Tat, dabei leise vor mich hin schimpfend, weil ich mich ebenfalls über Guntermanns Geschwätz ärgerte. Nicht Aurels wegen. Sondern weil er „M" erwähnt hatte, das unglaublich einfallsreiche Codewort für Matthias Brandenburg, alias Lance Groover.

Wolf Guntermann war ja bei der Sitte und anscheinend darüber im Bilde, dass „M" am Stuttgarter Platz und dessen Umgebung einen Haufen Hühner laufen ließ, sprich Frauen zum Anschaffen auf den Strich schickte. „Das glaub' ich nicht!", war es mir völlig gegen meinen Willen entfahren. „Gibt es dafür Belege?"- „Brauchst du blonde Belege oder hättest du lieber gern brünette?", hatte Guntermann erwidert und mir dabei dreist ins Gesicht gelacht. „Die hat's, so viel du magst. Rote und Schwarze muss man vielleicht noch ein bisschen suchen! Da ist er noch nicht ganz so dick im Geschäft."

Während sich alle vor Lachen bogen, hatte ich mir das immer noch nicht vorstellen mögen. Können. Wollen. Was auch immer. Natürlich war der Typ ein Schwein, aber war er wirklich inzwischen Berlins Aufsteiger-Zuhälter Nummer Eins? Der obergruselige, heillos in den Menschenhandel verstrickte „M"? Heiland – das war mir dann doch zu viel. „Der Kerl frisst kleine Kinder doch zum Frühstück, Billie", hatte mir ausgerechnet Gleißner noch hinterhergerufen und Leni und mich dabei äußerst lange angesehen. „An deiner Stelle würde ich gut auf euch achtgeben!"

Dabei waren sich doch alle angeblich so einig gewesen, dass Lance Groover ohne mich gar nicht zu fassen sei, oder etwa nicht? War doch noch gar nicht so lange her. Oder war das bloß auf Aurels Mist gewachsen, die irgendwie immer alles über mich wusste? Arschlöcher alles.

Ich puderte brummend Lenis Po, während mein leise schnaufendes Kind mich durch seine pummeligen Säbelbeinchen hindurch äußerst interessiert beobachtete. Diesen Blick kannte ich irgendwoher. Ich schaute in den kleinen Spiegel, den Gleißner, ein an sich recht hübscher Kerl, wenn er den Mund hielt und nicht gerade uneitel, hier an der Wand zu hängen hatte und musste lachen. Leni kam eben sehr nach mir.

Aller Zorn war verraucht. Wir glucksten und quietschten uns eins und während Leni Jagd auf meine langen Haare machte, verschloss mir ihre dicke, kleine Fußsohle wie ein Knebel den

Knutschemund, den ich fest darauf gedrückt hielt. „Mmmmhh, mmmhh, mmmhh … !" machten wir.

*

Nichts wirkt so harmlos wie eine junge Mutter mit Baby, wenn man eine Lage auskundschaften möchte. Mit diesem Wissen trat ich wenige Tage später mit Leni auf dem Arm ins durchaus gemütliche Halbdunkel des Café Voltaire. Es lag genau an der Grenze des Bezirks Charlottenburg, der sich gewöhnlich mächtig edel gab, zur Unterwelt des „Stutti" (Stuttgarter Platz), wo sich in den Stundenhotels Nutten, Drogensüchtige und Obdachlose die Klinken in die Hand gaben. Im bigott-schönen Charlottenburg rechnete man sich mit großem Ernst der Protestbewegung zu, während man seinen Lavazza-Kaffee schlürfte und hatte sich beim Renovieren der bildschönen, großbürgerlichen Altbauzeilen exakt bis zur Grenze des Voltaire vorgearbeitet.

Dahinter begann eine komplett andere Welt, kenntlich gemacht durch einen verwahrlosten Hauseingang, aus dem bei Wind und Wetter eine splitternackte junge Frau trat, um die Kundschaft zu locken. Es war das erste von vielen, heruntergekommenen Bordellen am Platze, wo bestimmt keiner mehr auf die Idee gekommen wäre, noch gegen irgendetwas zu protestieren. Im Voltaire nun aber trafen beide Schichten nachbarschaftsfriedlich aufeinander, unter dem einladenden Plätschern und steten Klackern eines kleinen Bambus-Brunnens, dessen Schöpfkelle sich mit jedem Steigen des Wasserstandes füllte und anschließend diesen wieder senkte, indem sie sich leise klappernd entlud. Zusammen mit der psychedelischen Musik entstand eine geradezu meditative Stimmung, bei der bebrillte, dauerempörte Lehrer neben furchteinflößenden Gestalten der Unterwelt ihren Teeaufguss genossen, anstatt - wogegen auch immer - zu protestieren. Aaaah, was tat das gut, es war alles so was von behaglich dort.

Leise wie ein Mäuschen nahm ich mit meinem Kind in einer Ecke neben einer Art schmuckbehangenem Trapper in einer Pelzweste Platz, den drei käufliche Schönheiten mit den gleichgültigsten Gesichtern der Welt umringten. Erst beim zweiten Aufguss meines Tees, den mir die Bedienung unaufgefordert und schweigend wie allen hier bereitete, bemerkte ich, dass ich neben Lance saß, der unter seinem Pelz einen anscheinend durch jede Menge Training grotesk aufgetriebenen und gebräunten Brustkasten zur Schau stellte, während er seine Umgebung leicht weggetreten unter halb gesenkten Augenlidern musterte. Das gelbe Haar, das ihm lang und strähnig über die Schultern fiel, stand ihm so wenig wie die ganze, glänzende Muskelmasse oder der tote Teddy, den er sich um den Leib gewickelt hatte. Auf mich wirkte er restlos albern und wenig bedrohlich, ich musste mich zusammennehmen, um nicht laut loszuprusten, während Leni ihn aus ihren großen, dunklen Augen unverwandt anstarrte, wozu sie leise Gurr-Laute des Staunens von sich gab.

„Sieh mal an, die Billie Oedland hat ein Kind", sagte er plötzlich und unvermittelt mit seiner rauen Stimme, die noch die gleiche Intensität wie früher hatte. Es war auch typisch für ihn, dass er dabei klang, als sei ich keine Sekunde lang fort gewesen, was das seltsame Gefühl der Nähe zu ihm verstärkte. Man konnte sich wichtig und beachtet fühlen, denn jetzt wandte er sich einer seiner Gefährtinnen zu, legte ihr seine schwere Hand wie eine Tatze aufs Knie und sagte zu ihr: „War ein südlicher Typ, der ihr das Kind gemacht hat. Schätze, sie hat mir einen verdammten Türkenbengel vorgezogen. Kannst du das verstehen, Nadja?"

Mit Schrecken erkannte ich in der dunklen Schönheit neben ihm Nadja Treibl wieder, meine Schulkameradin, die von ihrer Mutter an alte

Männer verkauft worden war. „Klar kann ich das verstehen, Darling!", sagte sie nun mit einer schrillen hohen und exaltiert klingenden Stimme. „Ich ziehe dir ja auch einen verdammten Türkenbengel vor." Sie schob ihm mit einer Geste, die wohl Zärtlichkeit ausdrücken sollte, eine seiner gelben Strähnen hinters Ohr, um dann fortzufahren: „Oder warum meinst du bin ich sonst mit Au Pair zusammen und nicht mit dir, hä?" Die Szene wirkte wie aus einem bemerkenswert schlechten Theaterstück.

Er kniff sie lächelnd in die Wange und sie tat wieder unbeteiligt. Ich verfolgte das bescheuerte Schauspiel ohne eine Miene zu verziehen, dabei war es in mir längst vorbei mit allem Frieden und scheinbarer Harmlosigkeit. Dafür hatte die Erwähnung eines Namens ausgereicht: dass Nadja von Au Pair gesprochen hatte.

*

Nachdem mich Lance zu Schulzeiten auf das verlassene Bahnhofsgelände Gleisdreieck gelockt und dort vergewaltigt hatte, tat er einfach, als seien wir damit auf quasi rituellem Wege zusammengekommen. Da die folgenden Beischlafsequenzen etwas zärtlicher abliefen und ich von seiner Zuwendung längst abhängig war, schenkte ich der ganzen Nähe und Vertrautheit, die er trotz allem bei mir zu erzeugen verstand, Glauben, als wir uns in seiner Wohnung küssten. Bis es an der Tür läutete und er lächelnd aufstand und in die Gegensprechanlage „Kannst hochkommen, Au Pair" sagte.

Ich war umgehend alarmiert. Au Pair hieß so, weil er sich gern um junge Mädchen „kümmerte" und wer das wollte, musste einen schwer an der Waffel haben. Der Typ war ein roher, bulliger Türke, dessen irgendwie nassen Geruch ich schon von weitem nicht ausstehen konnte. Blitzschnell schnappte ich meine Klamotten, lächelte Lance strahlend zu und entschwand ins Bad. Dort zog ich mich in Windeseile an und hörte, wie Au Pair schweren Schrittes die Wohnung betrat. Lance und er gingen zusammen ins Wohnzimmer, wobei sie den Fehler machten, die Tür zum Flur zu schließen. Es war Winter und Lance scheute hohe Heizkosten. Auch wenn ich mir sonst bei ihm einen vor Kälte ab schnatterte, war ich jetzt mehr als froh darüber.

Denn es erlaubte mir, auf Socken und im Entengang lautlos an der gefensterten, typischen Berliner Altbau-Tür zwischen Flur und Wohnzimmer entlang zu kriechen, bis ich bei der Haustür angekommen war. Diese musste ich öffnen, aber auch das machte kaum Geräusche. Ich schlüpfte hinaus und ließ die

Tür angelehnt. Im Treppenhaus wähnte ich mich bereits sicher, streifte mir im ersten Stock die Schuhe über, als ich von oben Lance' Stimme nach mir rufen hörte: „Billie?". Es klang seltsam herrisch.

Er war so unfassbar schnell unten. Wie ein fliegender Dämon, der witternd vor den Briefkästen im Erdgeschoss aufkam. In meiner Panik war ich aber noch schneller. Bei meinem Hechtsprung ins Erdgeschoss bemerkte ich aus dem Augenwinkel in dem ganzen Räder-Verhau unter der Treppe am Schatten der Wand, dass das hinterste Rad fehlte und war dann schlangengleich in den Spalt zwischen Wand und Rädern geglitten. Ich wusste, an diesen quietschenden, verkanteten Haufen wagte sich niemand ohne Grund. Und dort in meinem Versteck presste ich nun meinen angstdurchtränkten Körper gegen die eisige Wand.

„Oh, scheiße", fuhr es mir durch den Kopf. „Scheiße, scheiße, scheiße!" Denn nichts kannte und spürte mein scheinbarer Freund so sehr wie Angst in all ihren Ausdrucksformen. Er würde mich aufspüren wie ein Bluthund. Er würde mich nach oben schaffen und dort würden sie zu zweit über mich herfallen, als „Rollkommando", wie sie das nannten, um mich für den Strich gefügig zu machen.

Wie hatte ich das nur vergessen und verdrängen können? Wieso hatte ich seine Worte nicht mehr im Ohr gehabt, dass man sich Stil bewahren müsse, auch wenn man gefickt werde. Das war sein Credo gewesen und das hatte die Fake nicht geschafft, die unter sein Rollkommando geraten und damit lange gestorben war, bevor sie bei ihm aus dem Fenster fiel. „Kennst ja Fake, hat einfach keinen Stil!" Verdammt, wie hatte ich das vergessen können?

Ich hatte es vergessen können, weil ich damals gerettet worden bin. Von einer dieser ewig schlecht gelaunten Berliner Erdgeschossfrauen, die mit Kippe im Mundwinkel, den Kopf voller anscheinend festgewachsener Lockenwickler, im Bademantel und in Pantinen aus ihrer Wohnung gestürmt kam um mit solchem Getöse ihren Briefkasten aufzureißen, als müsse sie einem verhassten Gefangenen etwas durch die Luke schütten. Dem war selbst ein Dämon wie Lance nicht gewachsen. Er wurde von ihr umtost wie von einem Wirbelsturm. Und sie machte sich nicht mal die Mühe, ihn zu grüßen, sondern verschwand wieder in ihrer Wohnung und ballerte die Tür hinter sich zu.

Ich hörte ihn entzaubert und verloren „na, ist wohl Brötchen holen" ins anschließend gleichgültig stille und leere Treppenhaus murmeln. Während ich derweil hektisch einige Atemzüge hatte tun können und nun mit der geballten Faust im Mund meine Existenz hier hartnäckig noch eine glatte, halbe Stunde lang hätte leugnen können.

Während er quälend langsamen Schrittes Stufe für Stufe den Weg nach oben antrat, vernahm ich Geräusche im Hof, die den zurückkehrenden Radfahrer ankündigten. Erst im allerletzten Moment kam ich aus meinem Versteck geschossen, womit ich den Mann ziemlich erschreckte. „Komm 'Se aus 'm Keller?", fragte er mich verwirrt und „Ja, wieso?", antwortete ich. Mit diesem denkwürdigen Dialog schoben wir uns aneinander vorbei und ich konnte endlich abhauen.

*

Anderntags passte mich Lance auf dem Schulhof ab, suchte überdeutlich meine Nähe und befummelte mich ohne Unterlass, was gar nicht so unangenehm war, weil ich spürte, wie die Blicke sämtlicher umstehender Mädchen neidvoll auf uns ruhten. Ansonsten klammerte ich die albtraumhaften Ereignisse des vergangenen Morgens einfach komplett aus der Wirklichkeit aus, ganz so, als hätte ich tatsächlich bloß saumäßig schlecht geträumt. Nur so konnte ich ihm halbwegs normal unter die Augen treten, indem ich mich gewissermaßen reflexartig tot stellte, was seine Machenschaften anging. Es war damals die einzige Möglichkeit, halbwegs heil da raus zu kommen. Aber leider hatte es zu blinden Flecken in meiner Psyche wie meinem Erinnerungsvermögen geführt, die ich später - als ich wieder klar sehen wollte - kaum noch los wurde.

„Du bist ja überhaupt nicht mehr zu erreichen. Ich hab' versucht, dich anzurufen", behauptete Lance damals etwas lahm, da er, wie jedermann wusste, niemals irgendwo irgendwen anrief. Das ließ mich ansetzen zu meinem „Ach, Baby, das glaubst du doch selbst nicht", was er geschmeichelt belächelte. Ich gähnte, streckte mich scheinbar gelangweilt, um dann zu behaupten, ich könne nicht länger mit ihm und seinen Kumpels abhängen, da ich in der Schule endlich den Abschluss schaffen müsse. Das war etwas, von dem ich wusste, dass es ihn nicht im mindesten interessierte. „Außerdem ist Papa ja auch noch da, weißte ja. Er baut grad wieder Kacke ohne Ende!", schob ich noch hinterher.

Für meinen ständig besoffenen, gewalttätigen Vater zu sorgen, war etwas, was Lance verstand, wahrscheinlich gut kannte und wie alle Leute seines Schlages vollauf respektierte. Es verschaffte mir eine Art Daseinsberechtigung außerhalb seiner kruden Kreise und wenn das mal nicht das einzige war, was er je hätte gelten lassen. Einzig ehrlos daran wäre gewesen, beim Jugendamt ernsthaft Hilfe zu suchen und mich nicht weiter um die Eskapaden meines Vater zu scheren.

Diese Art, die Dinge zu sehen, war nicht speziell Lance, sondern so dachte eigentlich jeder, den ich kannte. Weder ein Nachbar, jemand von der Polizei oder herbei gerufene Sanitäter hatten jemals gezögert, immer sofort mich herbei zu zitieren, wenn mein Vater wieder einmal in seinem Erbrochenen vor der Haustür lag. Selbst wenn ich dann – längst ausgezogen und mit Leni auf dem Arm – widerwillig aufkreuzte, verstand keiner meine Weigerung, ein Weilchen da zu bleiben und Ordnung zu machen, bloß bis der Herr Papa ins Diesseits zurück gekehrt wäre. Ich würde ihn doch lieben und im Grunde an ihm hängen – das wurde ich nie gefragt, sondern sie setzten es schlicht voraus. Einem alten Säufer nicht beizustehen, das ging gar nicht, solange die Leute nicht selbst mit anpacken mussten. Und während er scheinbar alle Rechte und sogar allgemeines Mitgefühl genoss, stand mir im Grunde überhaupt nichts zu.

Ich hätte mich lebenslang zu kümmern, so sah das aus für die anderen und viele betrachteten es wahlweise als Karma oder eben die Arschkarte.

Heute glaube ich, es hatte nur niemand sonst Lust, da in etwas hineingezogen zu werden und wälzte den Job ab, so schnell er konnte. Ganz egal auf wen und ohne Rücksicht auf Verluste oder ein Mindestalter, das zu berücksichtigen wäre. Jeder schien auf der Stelle unglaublich beschäftigt, so als hätte er selbst mindestens eine Großfamilie an der Backe. Wobei es aber keiner je versäumt hat, mir mitzuteilen, was er davon hielt, wenn ich anfing, so zu denken.

So hatte nun auch Lance bei meinen Worten gleich verständnisvoll genickt und meinen Alten besorgt grüßen lassen. Mein schneller Abgang gestern Vormittag erklärte sich damit zugleich auf die aller natürlichste Weise. Ganz offensichtlich stand ich bereits unter der Fuchtel eines anderen Mackers mit älteren Rechten. Da konnte man halt nichts machen.

Lance und ich sprachen nicht mehr viel an diesem Tag und er zerrte bloß noch hilflos ein wenig an mir herum. Dann sahen wir uns für eine lange Zeit nicht wieder.

*

Und doch wirkte tatsächlich immer noch etwas von dem alten Zauber, als er sich nun im Café Voltaire mit glasigem Blick zu uns vorbeugte, um Lenis

Händchen an seine unrasierten Wangen zu pressen und „Na, süßes, dunkles Kind von der Billie Oedland" zu raunen. Weder seine sagenhaft lächerliche Aufmachung noch sein offensichtlicher Status als „Beschützer" der ausdruckslosen Schönen um ihn herum vermochten daran etwas zu ändern. Es machte mich total fassungslos, als ich mich „Und, Lance, was machst du so?" murmeln hörte. Sie funktionierte immer noch einwandfrei, die völlige Verdrängung dessen, was in Wirklichkeit los war. Das musste man einfach anerkennen.

*

Gleißner grinste übers ganze Gesicht, Brecht schlug sich grölend auf den Schenkel und Britzke japste bloß noch jammernd nach Luft. Bei den Bullen, also bei meinen Beinahe-Kollegen, hatte ich mich nicht zum ersten Mal blamiert und zwar bis zum Anschlag. Sie hatten mir großzügig einen Tipp geben wollen, weil mir wieder einmal Lance Groover's richtiger Nachname nicht eingefallen war. „Na, du brauchst doch nur zu überlegen, wie heißt denn die Gegend um unser schönes Berlin herum? Also ausnahmsweise mal drüben, auf der anderen Seite der Mauer", hatte Gleißner in einem vollkommen unerträglich onkelhaften Ton zu mir gesagt.

Für mich war das alles andere als ein Hinweis. „Was, keine Ahnung. Osten?", hatte ich gestammelt und schon schauten sie mich alle an mit ihren offenen Mündern. Bis Britzke ganz langsam „Bran-den-burg? Als waschechte Berlinerin schon mal gehört?" sagte, nicht viel anders, als hätte er es mit einer Bekloppten zu tun. Und als ich nicht gleich antwortete, brach auch schon das Gewieher los.

Na sicher hatte ich schon mal was von Brandenburg gehört. Ich hatte es mir nur nicht gemerkt, weil das im Osten Deutschlands lag und damit in etwa so interessant und erreichbar wirkte wie die Mondoberfläche. Und vielleicht hatte ich auch deshalb Lance' verdammten Nachnamen einfach nicht behalten können. Und überhaupt, was lachten sich denn bitte lauter Westberliner darüber kaputt? Die es doch selbst kaum zusammen bekamen ... upps!

Brecht war, wie mir jetzt einfiel, ursprünglich aus Wessi-Land und wie die meisten von dort geographisch viel besser bewandert als wir Deppen aus der Mauerstadt. Die anderen hatten sich wahrscheinlich mit der Zeit, heimlicher Landeskunde sei Dank, mit Wissen gegen alles gewappnet, nachdem sich Brecht dauernd über sie kaputt gelacht haben musste, - und vermutlich während ich für sie allesamt die Polizeiarbeit erledigt hatte.

Mir wurde schwarz vor Augen, während ich merkte, wie sich meine Wangen langsam dunkelrot einfärbten und Leni auf meinem Arm zu weinen begann. Was Gleißner wieder ernst werden ließ und veranlasste, tröstend „Hey – haste eben halt gleich doppelt gelernt" in meine Richtung zu rufen. Aber es war zu spät, für heute hatte ich wieder mal genug von dem Haufen. Ohne noch ein weiteres Wort zu verlieren, drehte ich mich um und stolperte davon.

*

Als mich Gleißner tags darauf im Grunewalder Frauenhaus aufsuchte, in das ich mich mit Leni inzwischen geflüchtet hatte – und mich überreden wollte, bei ihm einzuziehen, fiel bei mir immer noch nicht der Groschen. Am Abend zuvor war ich schwer damit beschäftigt gewesen, Ilias zu beobachten, der unten im Schein einer Straßenlaterne ewig herumstand und das Haus beobachtete. Dabei rauchte er eine nach der anderen und schien uns wirklich direkt ins   Zimmer zu starren. Was gar nicht sein konnte, weil er das nicht wissen konnte, dass wir genau dort waren, meine ich. Was mich aber mich trotzdem hastig weiter ins Innere des Raumes zurückziehen ließ, weil ich merkte, wie genau er spüren konnte, dass wir da waren. Fast fühlte ich mich von ihm wieder angezogen, wie er da regungslos wartete, während sich sein gutaussehendes Profil im grünlichen Laternenlicht gegen das Trottoir abzeichnete. Bis er auf einmal unwillig und hasserfüllt die Zigarette austrat und wie der Blitz verschwand. Und ich bibberte los und wusste, *ich* war diese Zigarette und dass es nie mehr etwas werden würde mit uns.

Warum nur sind gewalttätige Kerle so hartnäckig? Dass sie so sehr am Ball bleiben, ist ja an sich nicht schlecht, nur dass es eben über kurz oder lang die falschen Kerle sind. Also die, die einen nicht kriegen sollen, die es aber viel entschlossener versuchen als die anderen, die man selbst haben will und die sich mitunter zieren wie die Jungfrauen.

Gleißner war glücklicherweise nichts von beidem. Weder zierte er sich besonders, noch war er hartnäckig oder früh dran. Aber auch er stand plötzlich einfach da (allerdings bei uns im Zimmer), schaute sich um und staunte wie alle hier über meine mustergültige Ordnung. Ich hatte nicht bloß unser Zimmer geputzt und geschrubbt wie bescheuert, sondern dazu noch das Treppenhaus, das Bad und die Küche und sogar den Gemeinschaftsraum. Nach ein paar Tagen verdutzten Schweigens kam Freude bei den anderen Frauen auf. Und wer sich in der Lage sah, fing auch an zu schrubben, weil Frische und Sauberkeit dem wie paralysiert in der Gegend stehenden Altbau viel von seiner Schwere nahm. Ein sanfter Geist war eingezogen, der meinen Beinahe-Chef sich überaus verblüfft umschauen ließ. Er hatte es bloß der Tatsache, dass er Polizist war, zu verdanken, dass er hier als Mann überhaupt rein durfte. Trotzdem hatten ihn die skeptischen Blicke der Mädels verfolgt, bis wir in meinem Zimmer verschwunden waren. „Gott, hier blitzt und funkelt das aber", sagte Gleißner andächtig und wagte kaum sich zu setzen.

Während er gleich wieder aufsprang und das Rollo beiseite schob, um mit seinem Bulleninstinkt nach unten und zur Straßenlaterne zu spähen, erzählte er mir, dass Ilias in der Inspektion aufgetaucht war. Erst hatte er bloß nach mir gefragt und dann den anderen Vorhaltungen gemacht, dass sie mich gegen ihn aufbringen würden. Schließlich hätte er lautstark losgebrüllt „Du fickst sie doch, ich seh's dir doch an." Gleißner hatte das als Beamtenbeleidigung eingeordnet und ihn über Nacht da behalten. Wir grinsten etwas schief, denn Ilias lag ja seit einiger Zeit richtig, wir hatten längst was am Laufen. Trotzdem geschah es ihm ganz recht, die Nacht in der Zelle zu verbringen und wenn es nach mir ging, hätte er über Jahre dort schmoren dürfen.

„Am besten kommt ihr mit zu mir", meinte Gleißner und ich konnte ihm ansehen, wie sehr er sich schon auf meine Putzanfälle freute. So gesehen hätte ich mir wohl in so gut wie jeder Wohnung Berlins ein Bleiberecht zusammen wienern können. Und nicht umsonst fiel es mir genau in diesem Augenblick ein. „Wo steckt eigentlich Aurel?", fragte ich. Wieder einmal, als hätte ich bis dahin tief und fest geschlafen.

*

Wir zogen nicht gleich zu Gleißner. Abgesehen von Ilias, der uns zuweilen auflauerte, fühlte ich mich mit Leni ganz wohl im Frauenhaus. Und wir hatten für den Umzug echt gekämpft, also Aurel und ich. Denn wie der Teufel es wollte, lag das Architekturbüro, in dem mein griechischer Ex-Lebensgefährte seinen Unterhalt verdiente, ebenfalls in der Bleibtreu und war in einem ehemaligen Laden untergebracht. Riesenfenster bis zum Boden - kein Wunder, dass das Büro aufs Zeit stempeln großzügig verzichtete, man sah eh sofort, ob jemand an seine Platz war oder eben nicht.

Allein die Lokalität sprach für ein abgrundtiefes Vertrauen des Unternehmens zu seinen Angestellten und Aurel spielte für mich krank und hockte sich ins Café gegenüber, um zu tun, was sie ohnehin am liebsten tat: Leute beschatten ohne jegliche Konsequenzen. Na, nicht ganz, denn sie und ich hatten einen Pieper, mit dem sie mich hätte warnen können, hätte sich Ilias in der Arbeit vom Fleck gerührt. Er schien es aber nie eilig zu haben, in unsere einsame Bleibe zurückzukehren und schien sich dort abends wohl auch nicht so genau umzuschauen. So räumte ich während dreier oder vier heimlicher Besuche meine ganzen Sachen aus. Zuerst unauffällig und beim letzten Mal war es ja egal. Woher er dann aber wusste, dass ich mit Leni ins Frauenhaus übergesiedelt war, blieb ein Rätsel. Anfangs klingelte er bei Aurel Sturm, die ihm aber nach eigener Aussage nie aufmachte.

„Sie wird wieder irgend ein Leiden vorschieben, um im Café herum zu sitzen oder sie hat sich jemanden angelacht", hatte Gleißner bloß missmutig geknurrt, als ich ihn auf Aurels Verschwinden ansprach. Vor Ablauf zweier Wochen machte er sich da überhaupt keine Sorgen. Dazu käme derlei zu oft vor, behauptete er. Ich schwieg, weil ich ja selber der Anlass für ihr jüngstes, unentschuldigtes Wegbleiben gewesen war, nahm die Sache aber nicht halb so locker wie Aurels Chef. Zumal ich sie am Telefon nicht erreichen konnte. „Man, Aurel, wo steckst du denn bloß?", rief ich in den tutenden Hörer.

*

„Tach, Frau Oberüber!", rief ich in Aurels Treppenhaus zu der Nachbarin hoch und prompt erschien diese am Treppengeländer und ließ ihre Nase darüber hinaus ragen. „Ach, Sie sind's!", rief sie von oben herab. „Sie suchen bestimmt Ihre Bekannte. Ist die eigentlich wirklich Polizistin, die Frau Hammond?" Sie sprach den Namen grausam deutsch aus.

„Klar, wir sind doch Kolleginnen", rief ich, ohne auch nur im Ansatz rot zu werden. „Haben Sie eine Ahnung, wo sie hin ist, die Frau Hammond? Es gibt doch nichts, was Sie hier nicht mitbekommen!"

„Wat wolln Se denn damit sagen?" Um ein Haar wäre sie wieder in ihre Wohnung abgetaucht. „Hör'n Se ma zu, junge Frau – wenn Se dett zu der unter uns saren, mag da ja wat dranne sein. Aber zu mir saren Se so wat jefällichst nich!"

Damit spielte sie auf Frau Schönlein an, eine mit ihr verfeindete Nachbarin, die im Stockwerk unter Aurel wohnte und mit der sich Frau Oberüber seit

Jahrzehnten einen leidenschaftlichen Stellungskrieg lieferte. Wir witzelten immer, dass keine der neugierigen Tanten das Zeitliche segnen dürfe, weil dann die andere auch nicht mehr wüsste, worüber sie sich noch aufregen sollte und gleichfalls sofort stürbe.

Wenn sie sich zu sehr über die beiden Streithennen ärgerte, betonte Aurel dann immer, was für schöne Wohnungen nach dem Ableben der zwei frei würden. Allerdings erwiesen sich deren Bewohnerinnen beide als so ziemlich unkaputtbar. Nichts hielt scheinbar so fit wie andauernder Zank.

„Ach, entschuldigen Sie, das war doch bloß so dahingesagt", entgegnete ich scheinbar reumütig. „Dann geh' ich wirklich mal lieber bei der Frau Schönlein anfragen, ob sie weiß, wo die Frau Hammond abgeblieben ist … .".

Na, wer sagte es denn. Frau Oberüber kam sofort die Treppe herunter gestürmt und nahm mich streng ins Visier. „Sonst sind die Herren ja janz manierlich bei der Frau Hammond, kann man ja im allgemeinen nischt sagen. Aber der … du liebet Bisschen." Ihre Augen rollten himmelwärts, sie schlug theatralisch die Hände über dem Kopf zusammen. „Mit dem sollte Se ma nicht mitjehn, habe ick mir noch jedacht. Nich mit sowas, mit dem nich! Aber wie Se ebend so sind, die jungen Dinger... ." Sie zuckte dramatisch die Achseln, als seien alle alleinstehenden jungen Frauen völlig hoffnungslose Fälle und eigentlich umgehend zu entmündigen.

„So einer mit langen, blonden Haaren und Solariums-gebräunt? Fette Muskeln unter 'ner Pelzweste?", fragte ich, einer Eingebung folgend. Ihre Augen wurden riesig und sie nickte langsam. „Janz ehrlich, der sah doch aus wie ein Lude! Mit sowas darf man sich gar nicht abgeben. Wat hat sich die Frau Hammond denn da bloß bei jedacht? Na, Mensch, - hoffentlich is' nischt passiert!"

Ein was? Aber ich nickte verständnisvoll. „Ach, machen Se sich mal keine Sorgen, Frau Oberüber, das hat schon alles seine Ordnung! Aber danke, dass Sie sich kümmern", rief ich, während ich mich bereits zum Gehen wandte. Die sensationsgeile Alte sollte *mein* kummervolles Gesicht nicht sehen. Hatte ich das eben richtig gehört? Wie es aussah, war meine Freundin mit unserem ehemaligen Schulkameraden, dem stadtbekannten Zuhälter Lance Groover abgezogen.

*

Also wieder Voltaire. Wieder mit Leni. Als ich meine Schulfreundin Nadja dort allein in ihrem Tee rühren sah, war ich äußerst froh, Lance dieses Mal nicht über den Weg zu laufen. Bei Nadja schaute das aus, als ob sie grad Pause machte. Ich wollte lieber nicht wissen, wovon. „Hei, Nadja!", sagte ich und wir setzten uns ungefragt dazu.

Sie schreckte zurück. Dabei sah ich deutlich den aufgeplatzten Wangenknochen in ihrem blassen, stark geschminkten Gesicht. „Ach, ihr seid das!", sagte sie in ihrem künstlich arroganten und gedehnten Tonfall. Als hätten wir, ich und Leni, nie etwas anderes zu tun gehabt als den lieben langen Tag über im Voltaire abzuhängen.

Eines ist ja sehr praktisch bei den Leuten in diesen Kreisen. Dort wird man nie gefragt, woher man soeben kommt oder was man denn so macht. Nicht nur, dass das niemals jemanden interessieren würde, nein. Alle befürchten bloß, dass man sie dann ebenfalls fragt. Und so tut jeder, als sei man keine fünf Minuten weg gewesen und in dem Zeitraum ließ sich ja nicht groß was anstellen.

„Geht's gut?", fragte ich, und tat, als würde mir ihr demoliertes Gesicht gar nicht auffallen. „Geht so", antwortete sie knapp und mit niedergeschlagenen Augen. „Haben uns ja länger nicht gesehen … ." - „Bin eben beschäftigt!". So plänkelten wir hin und her und so wurde aus der ganzen Mission garantiert nichts.

Ich rückte näher. „Hey, hab' ich dir was getan? Warum biste denn so kühl?" - „Ach, nichts. Bin eben so. Alles in Ordnung." - „Wirklich? Nadja, du hast doch was!" - „Na ja", sie schlug die Augen auf und schaute mir direkt ins Gesicht. Dazu sagte sie: „Hast mir damals nicht geglaubt, Billie Oedland. Oder? Als ich dir das mit meiner Mutter erzählt habe!"

Gütiger Himmel, das war gut und gerne bald 15 Jahre her. Ich war seinerzeit ein angehender Teenager gewesen mit einem gewalttätigen Alkoholiker als Vater. Dazu hatte ich überhaupt keine Mama mehr gehabt. Und ich war so gut wie gar nicht aufgeklärt. Ein hilf- und machtloses Kind, bei dem ein anderes, offenkundig missbrauchtes, hilfloses Kind Hilfe gesucht hatte. Aber mir schwante, dass alle Argumente hier ins Leere laufen würden. Weil Nadjas Blick so leer wurde und ihre dunklen, glanzlosen Augen mich so sehr an die meiner Mutter erinnerten.

„Entschuldige, aber ich hab's damals einfach nicht überrissen. Das musst du mir glauben, Nadja. Und es tut mir Leid!", sagte ich also folgsam und schlug meinerseits die Augen nieder. „Ich hab' dich im Fernsehen mit diesem Typen und deiner Mutter gesehen. Weiß gar nicht mehr, wann das war. Spätestens da hab' ich's kapiert!"

„Ja, ich wusste irgendwie, dass du dir das anschauen würdest", sagte Nadja und nickte nun eifrig. Der Bann zwischen uns war damit gebrochen und ich verstand, wie unsagbar einsam sie sich auf der Welt fühlen musste. Ein wundes Gefühl hatte sich derweil in meiner Brust breit gemacht. Ich klopfte meinem Baby eine Spur zu heftig auf den Windel-Po, woraufhin mich Leni, einen Löffel im Mund, erstaunt musterte. Ja, verflucht. Ich würde Nadja ausnutzen, wie sie von jeher von jedem in ihrer gesamten Umgebung ausgenutzt wurde und fing an, mich dafür so bitterlich zu schämen, dass sogar mein Kind es merkte. Aber ich musste auch Aurel finden. Intuitiv spürte ich, wie die Zeit drängte.

„Du hast ja keinen Schimmer, was der Rainer für ekelhafte Sachen von mir gewollt hat", fuhr Nadja, einmal in Fahrt gebracht, fort. „Aber der Arslan beschützt mich jetzt vor dem, das hat er mir ja versprochen. Der will mich unbedingt heiraten, was sagst du denn dazu? Und der ist auch überhaupt nicht pervers oder so. Der achtet die Frauen, das finde ich richtig gut. Gefällt mir! Und ist vielleicht mal 'ne Abwechslung."

Sie nickte dabei weiter eifrig vor sich hin, die Augen fest auf die Tischplatte geheftet und sprach sich auf diese Weise wohl selbst Mut zu.

Es dauerte einen Moment, bis ich merkte, dass sie mit Arslan Lance Groovers türkischen Bluthund Au Pair meinte und ein kurzer Blick auf Nadjas zerschundenes Gesicht reichte, um zu sehen, wie sehr der Typ die Frauen schätzte. Ach, arme Nadja. Danach hätte ich sie am liebsten einfach nur noch in den Arm genommen.

„Sag' mal, ich hab' dich doch neulich mit dem Matze aus der Schule hier getroffen", schnitt ich dann in einem möglichst unverfänglichen Ton ein anderes Thema an. „Ja, und?", Nadja schaute mich jetzt scharf an. Ich merkte, sie war gleich alarmiert. Ihre Instinkte funktionierten einwandfrei. „Ja, ich wollte nur wissen, hat der denn noch seine tolle Wohnung in Steglitz, wo wir immer waren?"

Wir waren niemals zusammen dort gewesen, hatten uns höchstens mal auf einer Fete bei Lance getroffen. Sie wusste aber natürlich, wovon ich sprach, denn nun senkte sie den Kopf wie in Zeitlupe um zu nicken. „Wenn man nun was mit ihm zu regeln hat", redete ich vage weiter. „Ist das dann noch der passende Ort dafür?"- „Was hast du denn bitte mit dem Matthias zu regeln? Du bist doch bei der

Polizei, oder etwa nicht? Willst du ihn ausspionieren? Und ganz ehrlich, mit deiner Kleinen hier würde ich an so was noch nicht mal denken. Kennst du die Stella? Was die bei der mit ihrem Kind angestellt haben … . Das kannst du doch nie wieder gut machen! Die ist völlig fertig, die Stella, mit Baby ist das alles überhaupt nichts, das kann ich dir garantieren."

Nach diesen Worten streckte sie sich scheinbar gelangweilt mit hoch gereckten Armen aus und warf ein paar vorbeiziehenden Typen einen gut platzierten Schlafzimmerblick zu. „Kannst ja machen, was du willst", setzte sie noch hinzu, und schaute weiter durch die Gegend. „Aber ich will dich ja bloß warnen, bevor dir wieder irgendein Blödsinn einfällt."

Ich musste schlucken, durch ihre Bemerkungen reichlich verunsichert. Wollte ich wissen, was mit Stella und ihrem Kind passiert war und aus welchem Grund? „Ich bin überhaupt nicht bei der Polizei, hat nicht geklappt", sagte ich statt dessen, durchaus wahrheitsgemäß. „Deshalb muss ich ja jetzt was finden. Ist doch klar, oder? Und die Leni kriegt niemand, die packe ich sicher weg. Die kriegen die überhaupt nicht zu Gesicht. Nicht wahr, mein Liebling?" Ich gab meinem Kind einen Kuss.

Als ich schon dachte, ich könnte Nadja als Quelle vergessen, sagte sie auf einmal wie aus dem Nichts „Na, gegenüber von seiner Wohnung. In diesem alten, verlassenen Säulenschuppen, weißt schon!" Ich löste meine Lippen von Lenis Bäckchen. „Hä, welcher alte Säulenschuppen?" - „Na, bei Matzes' Wohnung, mit verwildertem Garten und so weiter, weißt schon!" - „Etwa das alte Schlossparktheater?" - „Mööönsch, du hast aber auch manchmal 'ne lange Leitung, Billie Oedland! Hast dich überhaupt nicht verändert. Wo denn sonst, so viel alte Säulenschuppen stehen da ja nun auch nicht 'rum!" Sie fasste sich vorsichtig an die lädierte Stirn, schwenkte leise jammernd das Haupt und konnte scheinbar nicht fassen, wie bescheuert ich nach wie vor wieder mal drauf war.

„Hast recht", sagte ich gemütlich und wir lachten uns darüber kaputt, wie wenig ich zuweilen raffte.

„Wie kommt man denn da rein, sieht so unbewohnt aus", sagte ich noch, während ich bereits zum Gehen aufbrach. „Und habt ihr wie früher in Matze's Bude einen Code, dass die mich reinlassen oder so?"

Geheime Losungen waren der einzige Zugang zu den ausufernden Partys, die wir als Schüler gefeiert hatten und bei denen man sich unglaublich eingeweiht vorkommen durfte, wenn einem in der

Schule jemand so einen Türöffner zuflüsterte. Ich kannte nichts, womit sich junge Mädchen leichter hätten ködern lassen und wie ich die Bande kannte, mochten sie darauf sicher nicht verzichten. Auch wenn ich es inzwischen als eine Art spaßigen Vorhof zur Hölle ansah.

Dieser ganze Sesam-öffne-dich-Kram fußte bisweilen auf bewährtem Berliner Humor und das meiste funktionierte nur im Dialog. Wie ins Hirn gestanzt klingt mir bis heute die durch die Gegensprechanlage gekrächzte Stimme ins Ohr. „Nun, Kind, wie heißt denn unser heiliger Vater?" Auf die man dann korrekt zu antworten hatte: „Keine Ahnung, Papst vielleicht?", woraufhin man vor lauter Gejohle auf allen Seiten den Türsummer kaum noch mitbekam.

Im Voltaire ist es gewöhnlich – abgesehen mal von dem Brunnen – totenstill. Aber wie der Teufel es wollte, kachelte in diesem Augenblick draußen ein verirrter Bus durch die enge Straße. Nadjas Mund formte ein „Hä?" und dann sagte sie etwas, das in meinen Ohren klang wie „Sachste halt 'Gold in den Gräbern der Stadt'".

Ich wiederholte das lieber nicht, um nicht weiter selten blöd zu erscheinen. Aber wer zum Henker dachte sich denn so was aus? Was meinten die mit

Gold, Stoff? Und was denn bitte für Gräber? Aber letztlich war mir das doch alles egal. Für derlei Unsinn mochte Zeit haben, wer wollte - Hauptsache, damit ging drüben die Tür auf.

*

Ging sie leider nicht! Nachdem ich Lenchen bei Steffi im Frauenhaus abgeladen („Zwei Stunden, Sibylle! Höchstens. Dann bist du wieder hier." - „Todsicher, Steffi und danke, ja?"), die lahme Ente von Bus genommen, durch kaputte Zäune und Gestrüpp auf das scheinbar verlassene Gelände vorgedrungen und gefühlt eine Ewigkeit damit zugebracht hatte, an dem großen Tor zwischen den Säulen herum zu hämmern, rief drinnen endlich eine Stimme „Hör auf damit! Du weckst ja Tote auf. Was willst du?" - Auf mein Rufen „Brauchst du den Code oder so? Lass' mich rein.", erklang bloß „Hä? Was denn für 'n Code?" - „Gold in den Gräbern der Stadt?" Nun flüsterte ich fast.

Statt des erhofften Türsummers kam aber lediglich ersticktes Lachen. „Kinder, Kinder, siehst du schlechte Filme! Hau endlich ab! Kannst in 'ner Stunde wiederkommen. Dann sind die andern da."

Ich trieb mich im Garten zwischen den Büschen herum, bis mir mal endlich der Pieper einfiel. Den hatten wir ja beide noch, Aurel und ich, von der Umzugsaktion aus Ilias' und meiner Wohnung ins Frauenhaus her. Ich kramte eine Weile in den Taschen meines Anoraks, dann hielt ich das Ding in der Hand. Man konnte damit auch kurze Nachrichten verschicken, also schrieb ich *Wo bist du?* - Keine halbe Minute später die Antwort - *glaub Steglitz Schlossparkth. Keller* – ich wieder: *da bin ich auch - komme*.

Ich rannte zweimal um den länglichen, ausgedehnten Kasten herum, bis ich endlich unter herumliegenden Ästen und einer Unmenge altem Laub das vergitterte Kellerfenster entdeckte. Ich zerrte an dem Gitter herum und wäre plötzlich mit dem Teil in der Hand fast hinten über gekippt. „Scheiße, so einfach geht das?", hörte ich Aurel von drinnen rufen. „und ich blöde Kuh probier's noch nicht mal! Wie doof bin ich eigentlich?"

Es war dann noch ein ordentliches Stück Arbeit, Aurel durch das kleine Fenster ins Freie zu bekommen. Erst passten ihre Schultern kaum durch, dann blieb sie mit der Hüfte stecken. Wir stöhnten und zerrten und ächzten, sie keuchte was von „kein Bock, mich von der Feuerwehr hier raus schweißen zu lassen" und dann hatten wir es plötzlich geschafft und standen von oben bis unten verdreckt voreinander.

„Bloß weg hier", schnaufte ich. „Der Typ drinnen hat gesagt, dass die andern gleich kommen." So umarmten wir uns nicht etwa groß vor Erleichterung, sondern drehten uns auf dem Absatz um und wetzten in die Büsche. Hinterm Zaun sahen wir es auch prompt gelb aufleuchten, Lance näherte sich mit wehender Mähne, hinter ihm der Arsch Au Pair und beide hatten noch einen dritten im Schlepptau. Während sie den Eingang ansteuerten, verließen wir das Gelände hinterrücks durch ein Loch im Zaun und rannten so schnell wir konnten dem praktischerweise gerade einfahrenden Bus hinterher.

*

War sie etwa gerade noch einem „Rollkommando" entkommen? Ich sagte erst mal nichts zu Aurel, weil wir im Bus ja auch lange kein Wort heraus brachten, nachdem wir wie die Wilden gerannt waren. War eh' schon alles im Grunde schlimm genug für sie, wir konnten uns kaum in die Augen sehen. Statt dessen schaute jede auf ihrer Seite aus dem Fenster hinaus, wie man es in Berliner Bussen komischerweise meistens machte.

Ungefähr auf Höhe Platz des Wilden Ebers, eines Kreisverkehrs, ab dem wir aus Dahlem hinaus in Richtung Hohenzollerndamm weiter schaukelten, fand sie als erste ihre Sprache wieder. „Ach, der hätte mir doch nie was getan. Stell' dir vor, der hat gesagt, er würde mich noch nicht mal mit der Kneifzange anfassen. Und das nach dem, was der mir die ganze Zeit über vor gesäuselt hat, unfassbar! Richtig weich gekocht hat der mich, sonst wäre ich doch da im Leben nicht mitgegangen."

Dabei schaffte es Aurel auch noch, total unglücklich auszusehen. Heiland, die hatte ja vielleicht Nerven.

Was ich dabei vor allem begriff: Meine so schön glatt und kompetent wirkende Freundin war ebenfalls zutiefst einsam auf dieser Welt. Ihr Vater war mit seiner neuen Familie schon lange zurück nach England, die Mutter lebte in den USA. Sie hatten sie zurückgelassen, in der tollen Eigentumswohnung zwar vergleichsweise pompös gebettet, aber eben auch mutterseelenallein. Vielleicht hatte sie den Platz dort deshalb so zu geräumt, damit alles nicht so weitläufig wirkte und ihr auf diese Weise nicht auffallen musste, dass weiter keiner mehr da war.

Alles, was sie auf dieser Busfahrt so von sich gab, nickte ich bloß noch mechanisch ab. Gut möglich, dass wir beide noch unter Schock standen.

Wie ich bei alldem heraushören konnte, hatte Lance Groover Wolf Guntermann (den von der Sitte, der so scharf auf Aurel war) mit meiner gefangenen Freundin unter Druck setzen wollen. Es war saukalt in dem Kellerraum gewesen und das alte Sofa, das sie ihr als Bett präsentierten, hatte abartig gestunken. Nackter Beton wäre jetzt aber auch nichts für Aurel gewesen und das Essen wäre ihr erstaunlicherweise ganz gut bekommen, ebenso der Kaffee, der sei sogar echt gut gewesen. Wo sie den wohl her hatten, in Steglitz.

Also, das war echt Aurel! „Musst du ihn unbedingt mal fragen, wo er in Steglitz so einen Kaffee herbekommt", entfuhr es mir sarkastisch. Ich fasste es nicht. Da fingen wir doch echt noch drüber an zu diskutieren, ob sie ihr da guten Kaffee serviert hatten in ihrem Verlies! Aber so sehr ich mich auch hätte aufregen können. Hauptsache war doch, ich hatte sie wieder und das vergleichsweise wohl behalten.

*

Kleinlaut schlichen wir alle beide anderntags mit Gleißners Truppe mit. Total paralysiert wie wir waren, mussten wir uns dringend anderweitig beschäftigen und es fiel alles überhaupt nicht auf, weil Gleißner – schlecht gelaunt und noch schlechter rasiert – sich maßlos darüber ärgerte, dass sein kostbares Zehlendorfer Kommissariat kurzerhand an den Ku'damm beordert worden war, für niedrige Dienste, die sonst die Streife versah. Weil jetzt im Hochsommer in Zehlendorf nichts los war und weil die eigentlich zuständige Inspektion wohl „zu viel *Nastrowje* und *Soljanka*" hatte, wie unser lieber Chef hasserfüllt vor sich hin brummte. Gemeint waren damit wohl irgendwelche Beziehungen hiesiger Beamter zu Funktionären der russischen Besatzer in Ostberlin. Nichts Genaues wusste man nicht und würde das auch mit Sicherheit nie klären.

Leni hatte ich wieder im Frauenhaus bei Steffi und ihrem ungezogenen, kleinen Robert gelassen. Zum Dank würde ich später alles, was Steffi im Haus anfasste, auf Hochglanz bringen müssen. Aber das war es mir wert, nie hatten Aurel und ich Ablenkung nötiger gehabt. Um das zu wissen, brauchten wir uns bloß kurz mal in die umränderten Augen zu schauen.

Trotz seiner miserablen Stimmung gab Gleißner ein ganz passables Mannsbild ab, stellte ich bei dieser Gelegenheit wieder einmal befriedigt fest. Solange er nicht den Mund aufmachte. Denn seine Zähne standen so gnadenlos schief durcheinander, als hätte sie ihm jemand einfach in einem Anfall in den Mund geschmissen. Wo sie niedergeplumpst waren, wären sie dann halt festgewachsen, so wirkte das.

Gleißner hatte nach eigener Aussage nie daran gedacht, sich die Zähne richten zu lassen, weil sie „treu wie Gold" wären und ihm so gut wie nie Kummer bereiten würden – ganz im Gegensatz zu uns, wie er zu scherzen pflegte. Außerdem würden sie jeden verwirren, der sich mit dem Gedanken trug, ihm in die Schnauze zu hauen, weil sein Gebiss potenziellen Gegnern kein konkretes Ziel bot.

Wir anderen wussten nie, was wir davon halten sollten, wie er darüber redete, fanden es aber streckenweise irre komisch. Wenn er nicht so schlecht drauf war wie jetzt, war Thomas Gleißner ein Chef (oder was mich betraf, ein Beinahe-Chef) mit sehr viel Humor. Auch aus aktuelleren Gründen war mir das wichtig.

Zunächst fielen wir in der Uhlandstraße ein, wo uns der Arzt, von dem wir gerufen worden waren, vor dem Mietshaus, in dem er wohnte, abfing. Wie sich herausgestellt hätte, sei bei ihm gar nicht eingebrochen worden wie zuvor befürchtet und wir könnten wieder gehen. Nichts dagegen, aber nicht ganz ohne ein paar Erklärungen, sagte Gleißner knapp und wollte sich oben die Lage mal mit eigenen Augen anschauen.

Das sei gar nicht nötig, denn sie hätten das Glück, Frau Ilse Färberich im Erdgeschoss bei sich wohnen zu haben, sagte der Arzt und deutete auf seine Nachbarin, die gut zur Hälfte aus dem Fenster hing. Wie unschwer zu erkennen war, handelte es sich um ein voluminöses, altes Berliner Urgestein, welches sich auf ein ins Freie quellendes Kissen stützte und ihrem eingequetschten kleinen Köter neben sich pausenlos etwas zusteckte. „Is' nischt passiert, ick bin ja da", rief sie vergnügt nach draußen, außer uns noch die ganze Straße mit unterhaltend.

Auf Britzkes Frage, „watt denn nun nischt passiert sei", wies sie mit der Zigarre in ihrer Hand auf das Haus auf der gegenüber liegenden Straßenseite. „Da wohnt doch der kleene Scheuerlein, den kenn' ick, seit der so war", erzählte Frau Färberich und deutete dabei die Größe ihres Hundes an. „An sich 'ne feine Type, der Scheuerlein, ooch nette Familie und so. Studiert sogar und watt nich allet! Aber manchma komm' denen Ideen... , - seh' ick den doch heute früh mit die sauteure Anlage von unserm Doktor aus der Tür loofen und frare ihn gleich ma 'Watt isn' n nu los? Und er bloß so „Ach, ick soll die doch reparieren, Frau Färberich!'"

Sie zeigte uns bedeutsam einen Vogel. „Watt soll der, die Anlage reparieren?", fragte sie, sich offenbar in erster Linie selbst ungläubig. „Keene Ahnung, watt der nu studiert, der Junge, mit seine ooch schon nu bald Vierzich", fuhr sie die Asche ihrer Zigarre beiläufig am Fensterbrett abstreifend fort. „Aber Elektriker wird janz sicher keena mehr aus dem! „Hör' ma zu, Junge", sare ick also. „Dett Dingens bringste man gleich zurück! Seine Nachbarn beklau'n – dett tut man nich!"

Wir hatten unsere Ablenkung. „Und da hat er sie wieder zurück gebracht, die Anlage vom Doktor", sagte Gleißner und sah mittlerweile schon deutlich besser gelaunt aus. Er wandte sich wieder an den Doktor. „Dann vermissen Sie also nichts und möchten auch keine Anzeige mehr erstatten?"

„Nö, hab' schon geguckt. Alles da, alles heil. Und um die Tür wollt' ich mich sowieso längst kümmern", bestätigte der Arzt und so zogen wir tatsächlich unverrichteter Dinge wieder ab.

In nahezu ausgelassener Stimmung düsten wir in die Rüdesheimer Straße zu einem Elektro-Laden, in dem anscheinend wirklich eingebrochen worden war. „Ick weeß ooch, wer's war!", begrüßte uns der Besitzer, der in dem verbogenen Türrahmen lehnte. „Der Fitzke wieda, der war dett gewesen. Der wohnt gleich da hinten, bloß paar Häuser weiter!" - „Und woher wissen Sie das?", fragten wir im Chor. - „Dett is keen Geheimnis, der macht dett sozusagen jede Woche. Müsste so dett dreizehnte Mal gewesen sein jetze... hoffentlich bringt ihn der Richter diesma endlich in' Knast! Is' ja nich mehr zum Aushalten, echt jetz'. Wir könn' ma Pause gebrauchen hier."

Er wirkte so entnervt, dass wir umstandslos eine Häuserzeile weiter bei Werner Fitzke klingeln gingen. Der öffnete uns sturzbesoffen die Tür und hatte die Sachen sogar noch im Flur geparkt. „Ihr seid aber von der schnellen Truppe", staunte er und läutete, als wir ihn abführten, auf dem Weg nach unten noch wankend bei der Nachbarin. „Is' bloß wegen dem Kater, wissen Se. Die kümmert sich bisschen um den, nur solange ick nich da bin!"

Er schien zu ahnen, dass es dem Richter dieses Mal möglicherweise reichen würde. „Ick wollte ja nischt mehr machen, dett schwör' ick", bekannte er kleinlaut auf dem Weg zum Polizeiwagen. „Aber wissen Se, wenn eenen sogar die Nutten von dem Muskel-Blondi da heutzutage beklau'n … . Keene Moral mehr, dett is' Krieg bei denen, sare ick! Darum müssten Se sich kümmern, dett sare ick Ihnen, darum!" Er schaute uns einen nach dem anderen beschwörend an und benebelte uns währenddessen nach Kräften mit seiner Schnapsfahne. „Nich um so'n kleenet Lichte wie mich", lallte er weiter. „Ditt schlimme is' doch ditte! Schlimme Verhältnisse, echt schlimm! Wenn sich schon die Nutten so uffführen, eenen beklauen und so … . "

Aurel und mir war das Lachen auf der Stelle vergangen. Stocksteif geworden starrten wir jede, wie vortags im Bus, (wahrscheinlich nur noch mit zu Berge stehenden Haaren) aus einem anderen Fenster des Polizei-Kleinbusses. Gleißner vorne auf dem Beifahrersitz hatte sich witternd zu uns umgedreht und die Sachlage anscheinend sofort erkannt. „Tut uns Leid, dass Sie da in Schwierigkeiten geraten sind, Herr Fitzke", sagte er langsam und sein Blick wanderte derweil höchst nachdenklich von Aurel zu mir und von mir wieder zu Aurel. „Aber da sind wir leider nicht zuständig. Wir können das nur an die von der Sitte weitergeben. Was wir aber sehr gerne tun!"

Damit schien das Thema für uns alle beendet, aber mit unserem etwas künstlichen Ausflug in eine fröhliche Normalität war es leider auch vorbei. Nach allem, was Aurel und ich durchgemacht hatten, hatten uns die humorigen Seiten der Kleinkriminalität in dieser Stadt quasi wie ein Rauschmittel aus unserer Angststarre heraus helfen sollen.

Aber „Muskel-Blondi" (an Namen für Lance Groover mangelte es wahrlich nicht!) holte uns rasch wieder ein und das war Gleißner selbstverständlich nicht entgangen.

*

Nachts nahm er mich in die Mangel, ganz sanft und nachdem er mir auf meine bohrenden Fragen hin endlich auch etwas gestanden hatte. Nach meinen bitteren Erfahrungen in meinen Beziehungen hatte ich von Gleißner unbedingt wissen wollen, wie es überhaupt kam, dass jemand wie er sich von seiner Familie trennte und sich sogar scheiden ließ. Sollte ich mich noch mal auf einen Mann einlassen können und fest mit ihm zusammen kommen, so argumentierte ich, müsste er jetzt und hier auspacken, und scheinbar war ihm bisher kaum etwas schwerer gefallen als das.

Schließlich ließ er sich nach endlosen Beteuerungen meinerseits, niemals auch nur ein in dieser Nacht gefallenes Wort gegen ihn zu verwenden oder mich gar über ihn lustig zu machen, breitschlagen. Er meinte zögerlich und sich fortwährend am Kopf kratzend, niemand würde es bei seinem Job ja annehmen wollen, aber es sei seiner Frau bei ihm wohl zu *langweilig* geworden. Ich konnte selbst im

Dunkeln sehen, wie er vor Empörung errötete und nach Art eines trotzigen Kindes legte er noch nach.

Er würde nie begreifen, warum er als Mann nur dann spannend für eine Frau sein sollte, wenn er sie teuer in ein Restaurant einlud, wo ihm noch nicht mal etwas schmeckte und die Bedienung sich für sonst wen hielt. Oder wenn er die Familie am Sonntag Morgen in aller Herrgottsfrühe voll der Begeisterung zum Tennisplatz kutschieren sollte, um dort gegen überhebliches Volk mit haufenweise Vorbehalten gegen Polizisten wie ihn, den Schläger zu schwingen. Dazu wollte ihm beim besten Willen kein albernerer Sport als Tennis einfallen. Für solche Scherze sei ihm sein Beruf einfach zu anzustrengend oder er dann eben zu alt oder zu langweilig oder zu was auch immer. Er winkte bloß noch müde ab.

Ich dagegen verstand vage, was seine Ex bewegte, hütete mich jedoch davor, ein Sterbenswörtchen darüber zu verlieren. Jeden Anflug von Gegacker schluckte ich sorgfältig hinunter. Klar, ich hätte schon stockblind und völlig taub sein müssen, wäre mir noch nicht aufgefallen, dass mein angebeteter Beinahe-Chef sein Geld na, sagen wir mal, am liebsten fest zusammen hielt. Aber ich kannte halt noch ganz andere Kaliber von Kerlen, die seine Ex wahrscheinlich bislang eher nicht kennengelernt hatte. Das war wohl mit ein Grund, warum es mir immer völlig Wurst sein würde, wie langweilig oder sparsam Thomas Gleißner bei irgendwem rüberkam. Ich sagte ja zu ihm, so wie er war und so war's gut.

Das musste ich ihm dann allerdings auch gleich beweisen, weil er in dieser Nacht kaum noch damit aufhören konnte, mir Sachen zu gestehen. Unter Tränen entschuldigte er sich dafür, am Ende meiner Ausbildungszeit meinen Spind durchschnüffelt zu haben. Und ja, er habe da sogar etwas Kompromittierendes platzieren wollen, weil ihn die Sorge um mich langsam aber sicher verrückt gemacht habe. Das verstand ich immerhin, weil sich meine Schwangerschaft seinerzeit vor allem der ausgeprägten Übelkeit wegen kaum noch hatte verbergen lassen und sich mein Hang zu Gestalten der Unterwelt mindestens ebenso unübersehbar gestaltete. Gleißner hatte aber nichts in meinen Spind legen müssen, weil er ihn schon nahezu randvoll mit Drogen vorgefunden hatte.

„Wer ist denn bitte so blöd und lädt sich ausgerechnet einen Polizei-Spind voll mit dem Zeug?", hatte ich mich damals wütend gewehrt. Aber es war völlig vergeblich gewesen. Nicht zuletzt der Mann an meiner Seite hatte mit bestimmen müssen, mich deswegen von der Prüfung

83

auszuschließen, die ich, Übelkeit hin oder her, sonst locker bestanden hätte, davon war ich bis heute felsenfest überzeugt. Na, nun musste er mit Aurel als Mitarbeiterin klar kommen, dachte ich grimmig und mehr als schadenfroh, um den Stich, den mir das Ganze versetzte, vor mir selbst zu überspielen. Damit tat ich mir aber auch keinen Gefallen, weil es nun an mir war, Sachen einzugestehen.

*

Wenigstens verlangte ich gleiches Recht für alle. Gleißner durfte mit seinem Wissen über Aurels Entführung keinesfalls hausieren gehen. Nicht ohne eine gewisse Genugtuung sah ich ihn ob unserer Erlebnisse selbst in der Dunkelheit erbleichen und dachte zugleich, dass ich ihm meinerseits wohl nicht so schnell *langweilig* vorkommen dürfte.

Aber genauso schnell gelobte ich selbst Besserung, mein Bedarf an Beziehungen zu zwielichtigen Typen schien mittlerweile vollauf gedeckt. Ich glaube, nach dieser Nacht waren Thomas Gleißner und ich reichlich geschockt über das Treiben des jeweils anderen, spürten aber auch einmal mehr, wie wichtig wir uns geworden waren.

*

Ein paar Tage darauf rief er sein Team zusammen. „Alle mal herhören. Es gibt etwas Neues, was ich euch mitteilen möchte", begann er seltsam steif und klang dabei ungeheuer wichtig. Und dann machte er unsere Beziehung öffentlich. Er tat das in völliger Eigenregie, sprich ohne seine Ankündigung mit mir auch nur ansatzweise abgesprochen zu haben.

Die Reaktionen fielen unterschiedlich aus. Ich strahlte trotz der Überraschung über beide Backen. Aurel dagegen gelang es kaum, ihre Unzufriedenheit zu verbergen. Sie wäre, was Thomas Gleißner anging, gern an meiner Stelle gewesen, das wusste ich wohl. Als Lebensgefährtin ihres durchaus attraktiven Chefs hätte sie alles gehabt, was sich in ihrem Leben, zumal in ihrem Berufsleben, für sie lohnte. Vor allem schöbe sie einen noch viel fauleren Lenz als ohnehin schon und das dann sogar gewissermaßen offiziell und mit dem Segen von oben. Das war aber nun so gar nicht Gleißners Art, er hasste kaum etwas so sehr wie Faulheit. Tja, schade, schade.

Brecht und Britzke lachten sich unverfroren kaputt. Brecht erkundigte sich halblaut und äußerst frech, was an dieser Neuigkeit denn bitte neu wäre. Gleißner wurde knallrot, konnte aber gar nicht anders, als mitzulachen. Auf alle Fälle würde Brecht das bei nächster Gelegenheit wiederbekommen, so viel stand fest. Aber das war es dem mit Sicherheit wert. Er gehörte sowieso regelmäßig wieder auf Lebensgröße zurecht gestutzt, weil er sich unerträglich viel auf seine eher weitläufige Verwandtschaft zu Bertold Brecht einbildete und den Dichter in Ostberlin mitsamt Familie in seiner Kindheit sogar andauernd besucht haben wollte.

Woraufhin er sich dann aus Rache und Missgunst stets eine Menge über das Wessi-Kaff anhören musste, aus dem er ein paar Jahre zuvor anspaziert gekommen war. Wenigstens würde ihn seiner Verwandtenstory zum Trotz nie jemand für einen echten „Bärrlina" halten, aber das hielt so einen wie ihn nicht lange kurz.

Britzke schien sich eher halbherzig für uns zu freuen. Wir alle hatten ihn im Verdacht, heimlich auf unseren gut durchtrainierten Chef zu stehen. Laut ließ sich dazu nie etwas sagen, weil Britzke hochgradig von einer Tussi namens Yvette abhing, deren quäkiger Ton am Telefon, wenn es schlecht lief den halben Tag über, jeden nervte. Doch solange Gleißner's Privatleben in der Hauptsache darin bestanden hatte, sich trübselig scheiden zu lassen, hatte sich Britzke wohl in eine Seifenblasen-Traumwelt flüchten können, die nun hörbar zerknallte. Er tat mir echt Leid in diesem Moment.

„Neuigkeiten?", fragte nun auch noch Wolf Guntermann von der Sitte, der in die Szene mit seinem gnadenlosen Instinkt dafür reinplatzte, immer am falschen Ort zur falschen Zeit aufzutauchen. „Klar", sagte denn auch der in sich zusammengesunkene Britzke, „taufrische News, auf die kommst du nie!" Darauf ballerte mal wieder allseits Gegröle los, in das Guntermann augenblicklich mit einfiel. Keine Ahnung, wie der so schnell geschnallt haben wollte, worum es ging. Wahrscheinlich bluffte er bloß oder er hatte es an unseren roten Birnen abgelesen.

*

Leni und ich brauchten mal Pause vom Frauenhaus, zumal ich dort kaum zum Putzen gekommen war und mich deswegen von Steffi, meiner gelegentlichen Kinderaufpasserin, verfolgt fühlte. Dazu hatte ihr kleiner Sohn Robert in Lenis geliebte Spieltasche gekotzt und seitdem wusste ich, wie sauer mein Töchterchen mit seinen kaum neun Monaten bereits werden konnte. Außerdem hatte Steffi mit ihrer Daueranwesenheit im Frauenhaus und ihrem bestimmenden Naturell bei den anderen die viel bessere Karten. Sie fing schon an, dauernd über uns herzuziehen und uns vor den anderen schlecht zu machen. Für ein Weilchen, nur bis etwas Gras über die Sache gewachsen wäre, wollten wir uns deshalb im Frauenhaus besser nicht blicken lassen.

Wir waren nicht etwa bei Gleißner untergekommen, das traute ich mich trotz seiner vielfachen Überredungskünste nach wie vor nicht und vielleicht war mir auch sein Interesse an uns noch ein bisschen unheimlich. Auch wenn er sich öffentlich zu uns bekannt hatte, wollte ich in einer festen Bindung zu einem Mann nichts überstürzen. Statt dessen waren wir wieder bei Aurel in der Bleibtreu-Straße untergekommen. Viele andere Möglichkeiten blieben ja nicht, außerdem vertrugen Aurel und ich uns zur Zeit wieder einigermaßen gut. Und - auch nicht unwichtig - so behielt ich meine wankelmütige Freundin jederzeit im Auge.

Jedenfalls saß ich am Abend recht zufrieden vor Aurels Fernsehgerät, hatte das Lenchen bereits erfolgreich ins Bett verfrachtet und war eigentlich ganz froh darüber, dass Aurel schon seit einer gefühlten Ewigkeit nicht aus dem Badezimmer hervor kam. Was sie dort immer so lange trieb, blieb seit jeher unklar und war mir im Grunde auch total egal.

Kaum hatte ich den Fernseher eingeschaltet, erschien dort wieder einmal meine Schulkameradin Nadja Treibl auf dem Bildschirm. Händchen haltend ausgerechnet mit ihrem Ex, jenem schleimigen alten Unternehmer-Sack Rainer Passmann, der nach ihrer eigenen Aussage, die sie bei meinem letzten Besuch im Café Voltaire getätigt hatte, immer so eklige Dinge von ihr verlangte. „Unternehmer Passmann abermals mit junger Freundin glücklich vereint" war unten auf dem Bildschirm zu lesen, als die zwei aus einem Anlass, an den ich mich beim besten Willen nicht mehr erinnere, über irgendeinen roten Teppich gestakst kamen, was sich ihrer Highheels wegen reichlich holprig gestaltete. Erstmals fiel mir bei dieser Gelegenheit auf, wie wenig der ungelenke Gang zu ihrer hübschen Aufmachung passte und so blass hatte ich sie außerdem überhaupt noch nie gesehen.

Ich überlegte, angestrengt weiter den Bildschirm anstarrend. Wie passte denn das, was ich inzwischen alles über sie wusste, zu diesem neue, alten Glück von Nadja? Von ihrer Mutter, die sie angeblich immer an die alten Kerle verkauft hatte, fehlte dieses Mal jede Spur. Trotzdem hatte die ganze Sequenz etwas unheilvoll Morbides und erschien mir wie aus einem schlechten Traum, aber einem ganz ganz schlechten.

Abgesehen von solchen Eindrücken wünscht man sich ja zuweilen im Leben (in der Regel erst im Nachhinein), dass ein Augenblick verweilen möge, auch wenn er wahrlich nicht perfekt ist und sich noch so zweifelhaft gestalten mag. So ist es mir ergangen, auch wenn ich das in diesem Moment natürlich noch gar nicht realisierte. Und darüber hinaus kaum mitbekam, wie Aurel endlich doch noch aus ihrer Nasszelle aufgetaucht war, um sich, umgeben von einer dampfigen Wolke, im Bademantel schwer neben mich aufs Sofa plumpsen zu lassen.

Ihre klatschnassen Haare versuchte sie mit einem fast ebenso klammen Handtuch vergeblich trocken zu reiben und wickelte sich das Ding schließlich aufseufzend um den Kopf. Während Nadja mit Passmanns Tatze auf der Hüfte beteuerte, wie sehr sie sich über das Revival ihrer Beziehung freue, feuerte Aurel ohne Vorwarnung „Ist das etwa Nadja? Aber die lebt doch gar nicht mehr!" in den Raum.

„Was sagst du?" Ich drehte Aurel wie in Zeitlupe das Gesicht zu, während im TV jetzt die Kamera auf Passmann über schwenkte, der lächelnd seine goldüberkronten Zähne fletschte und Nadjas Sätze Wort für Wort wiederholte.

„Das wissen die anscheinend noch nicht, sonst würden sie das ja wohl kaum ausstrahlen", meinte Aurel ungerührt und konnte es gerade noch verhindern, dass ihr der einstürzende Handtuch-Turban zurück ins Gesicht klatschte. „Hey, was machst du denn da! Wieso machst du denn den Fernseher aus?", rief sie unter dem Chaos ihrer Haare hervor und versuchte, mir die Fernbedienung wieder wegzunehmen.

„Weißt du das genau? Bist du wirklich sicher, dass Nadja tot ist? Und was um alles in der Welt ist passiert?" - Wir erschraken beide über die raue und brüchige Stimme, mit der ich diese Sätze hervorbrachte. Aurel starrte mich mit offenem Mund an, während ich mir mit einer Hand langsam durch das pitschnasse Gesicht fuhr. Merkwürdig, sie hat doch geduscht, nicht ich, schoss es mir völlig sinnfrei durch den Kopf, bis ich endlich bemerkte, dass es ein Sturzbach von Tränen war, der mir übers Gesicht lief.

Denn ich ahnte längst, dass es stimmte, was meine Freundin Aurel da herausgehauen hatte. Und so konnte und wollte ich mir die tote Nadja keine Sekunde länger im Fernsehen anschauen. Wie gelähmt hörte ich nun statt dessen mit an, dass Aurel von Wolf Guntermann gesteckt bekommen hatte, wie Nadja Treibl Opfer eines Verbrechens geworden war. Er hatte ihr ein Foto der Toten gezeigt und ihr anscheinend damit klar machen wollen, in was für einem Schlamassel wir alle drei steckten. Sowohl Aurel, als auch er und ebenso ich.

Es sah nicht so aus, als hätte Aurel irgendetwas von unserer Lage auch nur im Ansatz wirklich begriffen, aber mir war sofort klar, wie Guntermann das gemeint hatte. Lance Groover und sein Bluthund Au Pair hatten spitz bekommen, dass ich nur über Nadja wissen konnte, wie sie Aurel als Geisel im Keller des geschlossenen Steglitzer Schlosstheaters geparkt hatten. Und unsere alte, gemeinsame Schulfreundin Nadja dafür umzubringen, war eine unmissverständliche Warnung an uns alle gewesen, gewissermaßen die Art dieser beiden Wichser, uns den Krieg zu erklären. Nur weil wir – oder besser gesagt, nur weil ich ihnen ins Handwerk gepfuscht hatte, nur deshalb war Nadja von den beiden Typen ermordet worden. Oh, diese verdammten Arschlöcher. Mir wurde auf der Stelle schwarz vor Augen und unsagbar übel.

„Mir wird schlecht, ich glaube, ich bin wieder schwanger!", sagte ich. Verglichen mit der Angst, dem Schrecken und den Schuldgefühlen der toten

Nadja gegenüber, schien mir das noch die weit mildere Eröffnung. Ich erhob mich unsicher, um auf watteweichen Beinen zur Toilette zu schwanken.

„Och nöö, Billie! Sag', dass das nicht wahr ist!", brüllte mir die von dieser Nachricht deutlich mehr geschockte Aurel hinterher. „Etwa von Gleißner? Himmel, das kannst du ihm doch nicht antun! So kurz, wie ihr zusammen seid und er ist doch noch nicht mal geschieden!"

Die hat wieder mal Nerven, dachte ich, riss die Badezimmertür auf, schmetterte sie hinter mir zu und übergab mich im hohen Bogen in Aurels Klo. Von wem denn sonst außer von Gleißner sollte ich derzeit bitte schön schwanger sein? Und was glaubte meine werte Freundin wohl, was ich mit ihm anstellte, wovon er unter Umständen gar nichts ahnte? Verging ich mich etwa an ihrem Chef, während der friedlich schlief? Oder wusste er, immerhin Vater eines Sohnes, vielleicht immer noch nicht, woher die kleinen Kinder kamen?

Wie wenig meine angebliche Freundin in dieser Sache zu mir hielt, machte mich noch fertiger, als ich ohnehin schon war. Weibliche Solidarität war anscheinend nichts als ein Mythos. Aber ich musste vor mir auch zugeben, dass ich mich noch nicht getraut, ja noch nicht einmal im Ansatz darüber nachgedacht hatte, Gleißner über die Möglichkeit, dass er noch einmal Vater werden könnte, aufzuklären. Doch warum auch, es war ja bisher nicht mehr als ein simpler Verdacht. Mehr war es ja doch noch nicht, oder? *Oder?*

Etwas später kühlte ich mir die kochend heiße Stirn an den kühlen Fliesen von Aurels Altbau-Bad. Das tat mir gut, auch wenn ich in dieser edlen Bleibe sonst sommers wie winters fror und mir einen ab schnatterte, genauso wie in der Grunewalder Frauenhaus-Villa, auch so ein Bau vom Ende des letzten Jahrhunderts. Diese tollen Altbau-Wohnungen verloren, was mich betraf, mit ihrem dauerhaft feucht-kalten Innenleben, egal zu welcher Jahreszeit, rapide an Charme. Langsam lobte ich mir die vielgeschmähte Vierziger Jahre-Bleibe, die ich mit Ilias bewohnt hatte, nur ohne Ilias natürlich. Ihn wollte ich auf keinen Fall zurück.

Aber spießig und piefig hin oder her, in unserer Wohnung war es stets warm und behaglich gewesen. Rundherum hatten alle mit geheizt und die Wände der lächerlich kleinen Räume schön trocken gehalten. Vielleicht wohnte ja Gleißner auch in so was oder man zöge zusammen in so etwas ein. Ich musste einfach ein bisschen vor mich hin träumen. Sonst wurde ich noch verrückt.

Ich fuhr mir über die Augen, die sich immer noch feucht anfühlten. Aurel rief irgendwas von draußen herein, das mich im Moment nicht weiter scherte. Es war bestimmt sowieso bloß wieder irgendein alberner, erzieherischer Unfug, wahrscheinlich weil sie sich enorm viel darauf einbildete, dass sie jetzt bei der Polizei gelandet war und ich nicht. Obwohl sie die Ausbildung seinerzeit nur begonnen hatte, weil ich sie begonnen hatte und ihr ums Verrecken nichts anderes eingefallen war, was sie hätte tun können. Und auch wenn sie es jetzt bei der Polizei geschafft hatte, sie doch dort - merklich für alle - kaum jemals etwas Gescheites zustande brachte. Aber egal, die Oberfläche glitzerte und bloß das war ihr anscheinend wichtig. Und mich dabei ganz beiläufig immer schön blöd rüberkommen zu lassen.

Die arme Nadja fiel mir wieder ein. Und dann breitete sich auf einmal etwas wie eine gewaltige Woge in mir aus, das ich nicht anders beschreiben kann als so eine Art dumpfer Gewissheit. Die mir anschließend ganz langsam und als fetter Kloß in den Hals hoch stieg. Dort schüttelte und rüttelte mich diese Heimsuchung dann gnadenlos durch. Für die tote Nadja, hörte ich mich selber murmeln und schlug dabei mit der Hand rhythmisch gegen die Wand. Und für die tote Fake. Und für diese Stella, die ich gar nicht kannte und für ihr Kind, mit dem was auch immer gräßliches geschehen war und nicht zuletzt für mich selbst und ja, auch für mein eigenes, gottverdammtes Seelenheil.

Nun kühlte ich mir auch noch die beiden Fäuste an den Fliesen. Weder hatte ich eine Ahnung, wie ich es überhaupt anstellen sollte. Noch wusste ich, wann oder wo es passieren würde. Aber mit eisiger Überzeugung im Herzen erkannte ich plötzlich und unaufhaltsam, dass ich meinen alten Schulfreund und Vergewaltiger, dass ich Lance Groover alias Matthias Brandenburg für all das, was er verbrochen hatte, in gar nicht ferner Zukunft dran kriegen würde. Und wenn ich, Sibylle Oedland, einzig dafür hier auf dieser Welt war. Auch wenn ich leider nicht wirklich bei der Polizei war und aller Wahrscheinlichkeit nach nie jemals tatsächlich dazu gehören würde, - nach allem, was geschehen war, reichte es mir nun einfach.

Ich würde den Mann nicht nur dran kriegen, nein, das genügte mir nun nicht mehr. Ich würde diesen beschissenen Typen, dem ich den albernen Namen Lance Groover verpasst hatte, zur Strecke bringen. Jawohl, richtig gelesen – zur Strecke bringen! Und erst dann sollte es mal gut sein. Erst dann. Das schwor ich mir feierlich.

*

Im Zustand weitgehender Benommenheit bekam ich in den nächsten Tagen eher am Rande mit, wie alarmiert sie im Kommissariat über die Vorfälle waren. Wolf Guntermann von der Sitte hatte Gottseidank nicht bloß Aurel über Nadjas Tod und dessen unterweltliche Bedeutung informiert, sondern Gleißner und seiner Truppe Bescheid gesagt.

Gleißner hatte mich und Leni wortkarg und mit versteinerter Miene sofort bei sich einquartiert. Er wohnte wirklich in einer Neubauwohnung. Aber zu meinem Bedauern handelte es sich um ein zugiges Ding in Moabit im neunten Stock mit einem depressiv stimmenden Ausblick und lediglich zwei Zimmerchen mittlerer Größe, die ich seufzend aufzuräumen begann. Lenchen bekam ungewohnt energisch Balkon-Verbot, sicherheitshalber installierte ich ein Gitter, das jeden abgehalten hätte, sogar Gleißner.

Ansonsten machte ich aber stumm alles mit, was er so akribisch an Vorsichtsmaßnahmen umsetzte, auch weil es mir aus verschiedenen Gründen gut in den Kram passte. Über das Frauenhaus herrschte ja inzwischen Steffi und zudem wurde es aller Wahrscheinlichkeit nach weiterhin von Ilias belagert, nicht anders als Aurels Wohnung.

Aurel sollte, - so hatten es ihre Kollegen beschlossen - , nach ihrer von mir vereitelten Entführung fortan als Köder für die Zuhälter fungieren. Sie stand in ihrer Bude quasi rund um die Uhr unter Dauerbeobachtung der Polizei. Und das bei Vollversorgung, da sie ihre Bleibe nicht verlassen durfte. Na ja, Aurel würde das sicher zusagen, um dort ungestört und wahrscheinlich wie meistens im Badezimmer die Zeit tot zu schlagen und dort einfach abzuwarten, was passieren würde. Ich hätte das ja nie so gekonnt.

Aber auch ich hielt erst einmal die Füße still. Weitere Gänge ins Voltaire waren mit Sicherheit nicht nötig, ebenso wenig würden das Schlossparktheater oder Lance' Luxusquartier in Steglitz etwas von mir sehen. Denn mir war völlig klar, dass Lance Groover und sein Bluthund Au Pair uns früher oder später aufstöbern würden, ganz egal wo wir uns befanden. Selten war ich mir bei etwas so sicher gewesen. Aber wenn ich nur die Nerven behielt, kam es mir ein bisschen vor wie beim Völkerball.

Im übrigen ist dieses Völkerball meine Lieblingssportart. Es gibt zwei Mannschaften wie beim Volleyball, nur kein Netz dazwischen. Ob es Zufall ist, dass dieses Spiel ausgerechnet in deutschen Schulen gespielt wird? Keine Ahnung.

Alles was ich weiß, ist, dass es im wesentlichen darum geht, das jeweils „gegnerische Volk", also sprich die andere Mannschaft, durch gezielte Balltreffer im Verlauf einer halben Stunde so zu dezimieren, bis schließlich deren sämtliche Mitspieler „abgeschossen" am Rand sitzen. Wenn das schneller passiert als in der eigenen Mannschaft, hat man gewonnen. Gute Werfer waren bei dem Spiel immer gefragt und ich war eine ausgezeichnete Werferin.

Noch besser als Bälle werfen konnte ich allerdings Bälle fangen. Und gelang einem das, musste man sich mitnichten „abgeschossen" an den Rand hocken, sondern spielte weiter mit. Und damit nicht genug, oft konnte ich den Überraschungsmoment nutzen, um gleich mal einen von der gegnerischen Mannschaft zu erledigen, vorzugsweise den besten Werfer, den sie hatten. Ich gestehe es nicht gern, aber dieses zweifelhafte Völkerball lag mir und außerhalb der Schule verlernt man das, worin man gut ist, ja im Prinzip nicht.

So würde ich es machen. Da hatte ich doch schon meine Strategie gegen meine Verfolger. Ich kam mir vor wie eine Spinne, die in ihrem aufgespannten Netz saß und wartete. Irgendwann würde der Ball geflogen kommen. Ich stellte mich lediglich darauf ein, dass es in diesem Fall mit einer Spielzeit von einer halben Stunde nicht getan sein würde.

*

Bei meinem vorerst letzten Besuch im Frauenhaus geriet ich in der Küche in die Klauen von Steffi. Dabei war ich nur kurz gekommen, um ein paar Sachen abzuholen. Dann saß ich dort auf einmal wie auf der Anklagebank und das vor einem unfassbar schlechten Kaffee in einer siffig aussehenden Tasse. Und sollte mir nun die ganze Zeit ihr Geseier reinziehen. Ich war kurz davor zu türmen.

Doch sprach die Zeit für mich, wie ich ebenso rasch erkannte, denn ansonsten ließ sich niemand blicken und wir hockten für meine Begriffe mitten im Dreck. So allmählich schwante mir, dass sie mich und meine Putzwut an diesem Ort schon sehr bald noch sehr vermissen würden. Da konnte jemand noch so überzeugend ablästern, die Sympathien dafür nutzten sich ab, wenn keiner aufräumte. Das sind so meine Erfahrungen.

Aber noch war es nicht soweit. Steffi wetterte gerade „und während du ohne Plan in der Weltgeschichte herum düst, spielen wir ja auch noch die Post für dich," und knallte mir dabei einen Zettel mit einer hingekritzelten Telefonnummer auf den Tisch.

100

„Was?" Ich hörte ihr kaum zu, denn es hatte zuvor eine Riesenmenge Energie erfordert, in einer Aufmachung, in der ich mich selbst im Spiegel kaum wieder erkannte, einmal quer durch die Stadt zu düsen. Dabei ohne aufzufallen durch Hintereingänge zu witschen und möglichst jede Regung in meinem Rücken mitzubekommen. Zwar wollte ich mich ja scheinbar fangen lassen und so weiter, jedoch sollte mich das natürlich auf gar keinen Fall unvorbereitet treffen. So rechnete ich jederzeit und überall mit allem und machte mir außerdem Gedanken, wie sich Gleißner gerade als Kinderschwester für Leni und seinen eigenen, zweijährigen Sohn Iskander machte. Meine enormen Lachanfälle über den Namen des Kindes unterdrückte ich radikal, hatte immer noch keinen Schwangerschaftstest gemacht und sann nebenher noch darüber nach, wie es wohl Aurel ging. Kurzum, ich fühlte mich wie im Wachkoma und bekam von Steffis Gestänker wenig mit.

Ich überlegte einen Moment, schloss kurz die Augen und riss sie dann wieder auf. „Schon klar, Steffi!", fiel ich ihr ins Wort. „Tut mir Leid, dass du durch meine Angelegenheiten so überfordert bist. Lenk' dich doch einfach ein bisschen ab – zum Beispiel mit Abwaschen! Das hilft sofort, wirste sehen."

Zu meiner Überraschung brach sie in Tränen aus und kippte auf der Küchenbank fast auf meinen Schoß. „Das wolltest du doch machen", heulte sie los. „Das war so abgemacht, weil ich doch auf Leni aufgepasst habe und du hast dich an nichts gehalten. Erinnerst du dich überhaupt noch daran, was wir abgemacht hatten? Und dann mussten wir auch noch die Bullen holen, wegen diesem blöden Weib hier, das dich unbedingt hat sprechen wollen."

Klar, man landet ganz sicher nicht im Frauenhaus, weil das Leben so gemütlich und stressfrei ist. Bemüht um Verständnis riss ich mich also zusammen und tätschelte ihr tröstend den Kittel-Arm. „Tut mir Leid, Steffi! Aber es war bei uns in letzter Zeit so viel los, dass ich gar nicht alles erzählen kann", murmelte ich. „Ach, wegen dem Ilias?" - „Was? Nein – ich meine ja. Auch … ."

Ich reichte ihr schnell mein letztes, blitzsauberes Taschentuch, das sie sogleich voll schnüffelte. „Na, das verstehe ich", schnatterte sie getröstet dahinter hervor. „Der ist auch kein Deut besser als mein Kalle, dein Ilias!" - Mein Ilias ... , an Steffi vorbei verdrehte ich entnervt die Augen. „Und die Tante, die da war", redete sie weiter, „die sah genau so aus wie der Ilias, so schwarze Haare und ganz dunkel und so. Deshalb habe ich ja lieber die Polizei geholt, weil ich dachte, die ist doch verwandt mit dem und hilft dem noch, euch zu kriegen. Hört man ja immer wieder, wie die Ausländer alle zusammen halten … ."

Ich simulierte flüchtig einen Schluck Kaffee und schaute mir endlich den Zettel an. „Das war bestimmt Ilias' Schwester Alexia", sagte ich mehr zu mir als zu Steffi, die über meinen Arm hinweg ebenfalls auf das Gekritzel schaute. Und obwohl unsere Meinungen über Ausländer wie gewöhnlich auseinander drifteten, konnte an dem, was sie sagte, durchaus etwas dran sein. Zwar hatte ich mich mit Alexia immer ganz gut verstanden, aber zu wem sie im Zweifelsfall hielt und warum sie mich ausgerechnet jetzt so dringend sprechen wollte, das war in der Tat alles andere als klar. „Na, Vorsicht ist die Mutter der Porzellankiste", sagte ich und steckte den Zettel ein.

„Kommt ihr jetzt nie wieder?", fragte mich Steffi aus ihrem Taschentuch schnüffelnd hervor. Ich antwortete nicht, sondern nahm sie statt dessen in die Arme und so verharrten wir eine Weile eng umschlungen auf der Küchenbank. Nach der Sache mit Nadja war mir klar, wie wenig man wissen konnte, wann und ob man sich bald wiedersah. „Wir müssen eine Weile richtig untertauchen, weil es zu gefährlich wird", sagte ich schließlich leise in ihr

Ohr. „Ach, siehst du deshalb so seltsam aus? Du hast dich ja richtig verkleidet", hauchte sie zurück. „Ist das alles wegen dem Ilias?" - „Auch, Steffi. Wegen dem auch."

*

In der Hubertusbader Straße stand an der Ecke eine Telefonzelle. Ich bremste und unterbrach kurzerhand meinen Rückweg, stieg vom Rad und kramte ein paar Groschen hervor. Nachdem ich sie in den Apparat geworfen hatte, wählte ich die Nummer auf Steffis Zettel. Ich wusste, ich würde ein bisschen Glück brauchen, weil Ilias' Schwester Alexia unfassbar viel arbeitete und man sie deshalb für gewöhnlich schlecht erreichen konnte. Aber sie war zu Hause und ging mit einem atemlosen „Ja?" sofort ans Telefon.

„Alexia?" Ich hörte meine eigene Stimme fremd und laut in der abgeschlossenen, nach abgestandenem Rauch stinkenden Zelle. Ich stemmte die Tür auf und den Fuß dagegen, um frische Luft herein zu lassen. Am anderen Ende der Leitung hatte mich Alexia beim ersten Ton erkannt. „Oh, du bist es, Sibylle! Endlich meldest du dich." Ihre Stimme erfüllte mein Ohr mit all der Herzlichkeit, die uns beide verband. „Sibylle, wo bist du?"

„Ich rufe von einer Telefonzelle aus an, Alexia",
berichtete ich wahrheitsgemäß. „Aus einer …", sie
klang plötzlich gehetzt. „Warte, ich hole dich ab.
Lass' mich nur kurz notieren, wo es ist." Es raschelte
im Hörer, sie suchte offenbar nach etwas zum
Schreiben. „Nein! Nein, Alexia, das möchte ich
nicht", unterbrach ich sie hastig. „Wir können uns
nicht sehen."

Das Rascheln hatte abrupt aufgehört. „Können uns
nicht sehen?", echote Alexia und klang dabei
fassungslos. „Aber Sibylle! Wir müssen uns sehen,
hörst du? Und dabei reden wir dann über alles, ja?".
Als ich nicht sofort reagierte, wurde ihre Stimme
drängender. „Das kannst du nicht machen, Sibylle.
Denk doch an Leni! Sie ist doch meine …" (sie sagte
etwas, das wie 'Anizia' klang, ich vermutete, das war
das griechische Wort für Nichte) „... meine Nichte,
Sibylle. Leni ist doch meine Nichte und sie ist doch
Ilias' Tochter!". Ich konnte sie jetzt leise in den Hörer
weinen hören.

Mir wurde das Herz schwer wie Blei. Trotzdem sagte
ich jetzt lauter als nötig, dass es genügend Gründe
dafür gab, mich von ihrem Bruder zu trennen. Dass
mich Ilias seit Jahren verprügelte, dass wir von
Glück sagen konnten, dass Leni so ein gesundes
Kind war, weil er mich in den Bauch getreten hatte,

als ich schwanger war. Ich schilderte dem Hörer aufgeregt den ganzen Sermon über meine gescheiterte Beziehung und heischte bei Alexia wie wild um Verständnis. Etwas in mir wollte mich warnen, weiter zu reden, aber in meinem Mund formten sich die Worte von selbst und meine Lippen stießen sie fast gegen meinen Willen hinaus.

Drüben hatte Alexia aufgehört zu weinen, das spürte ich. Weil es in meinen Ohren so laut rauschte, verstand ich nicht alles, was sie nun sagte. Doch eines verstand ich, beziehungsweise ich erkannte es wieder. Hören Menschen von Prügel und Misshandlung, wechseln etliche von ihnen umgehend das Thema, ganz so, als würden diese Dinge nicht geschehen, solange man sich nur hütete, sie klar zu benennen oder überhaupt darüber zu sprechen. Vielleicht machten sie das nicht mit Absicht oder sie hatten in dieser Hinsicht selbst ihr Päckchen zu tragen und wollten auf ihre eigene Weise damit fertig werden.

Aber Tatsache ist, dass sie die Menschen, die sich ihnen anvertrauen, mit diesem Verhalten enorm quälen. Einfach, weil sie deren Erzählungen so immer völlig unglaubwürdig klingen lassen. Oder schlimmer noch, die Ereignisse wirken völlig harmlos und normal, so nach dem Motto „Und? Was hat es dir geschadet?". Denn man steht ja nachweislich noch auf seinen eigenen Beinen da, oder etwa nicht? Das wirkt wie eine Gehirnwäsche und hat wirklich das Zeug, dir die verdroschene Birne noch zusätzlich zu vernebeln.

„Du kommst zurück und ich zeige dir, wie du Ilias richtig behandelst", sagte Alexia gerade. „Dann passiert überhaupt nichts, vertrau' mir. Er wird dir alle Fehler verzeihen. Mein Bruder ist kein böser Mensch!", hörte ich sie weiter eifrig auf mich ein plappern. „Und das kannst du ihm nicht antun, einfach wegzulaufen. Sibylle, das macht man doch nicht!"

Ilias habe mein Abgang furchtbar getroffen, weil sie beide doch schon als Kinder von ihrer Mutter verlassen worden seien. „Du weißt doch, dass unsere Mutter Holländerin ist und sie konnte nie mit unserem griechischen Vater umgehen. Sie haben sich einfach nicht verstanden." Angesichts der Umstände hatte sich Alexia offenbar entschlossen, ungewohnt offen zu erzählen und redete nun wie ein Wasserfall weiter. „Immerzu haben unsere Eltern gestritten und dann hat sie heimlich ihre Sachen gepackt und ist von uns gegangen. Sie hat uns ganz alleine gelassen, Sibylle. Ilias hat das nie verkraftet und du darfst ihm das nicht auch noch antun! Das ist ein Verbrechen,

Sibylle und du kannst das nie wieder gut machen! Und du nimmst der Leni ihren Vater weg. Hörst du, Sibylle? Sie hat doch nur einen Vater und der ist Ilias!"

Das Rauschen in meinen Ohren wollte überhaupt nicht mehr aufhören. Ich lehnte meine kochend heiße Stirn gegen das kühle Glas der Telefonzelle. Ich hätte nun schreien mögen, Alexia immerfort die ganze Wahrheit weiter in ihre Ohren, die partout nicht zuhören wollten, schreien mögen, aber dann fiel mir meine tote Schulkameradin Nadja Treibl wieder ein und wie wenig es manchmal nützte, Menschen mit etwas so Simplem wie der Wahrheit zu kommen.

Statt dessen fragte ich nun leise „Warum ist eure Mutter gegangen, Alexia?" - „Das habe ich dir doch gesagt, Sibylle! Sie hätte nicht gehen dürfen … ." - „Alexia, nein, halt! Warum ist sie gegangen? Eine Mutter geht nicht einfach so und lässt ihre Kinder zurück. Ich bin selbst eine Mutter und weiß das! Alexia? Warum ist sie weg gegangen?"

Drüben konnte ich sie jetzt schwer atmen hören. „Sie wusste nicht, wie man mit einem griechischen Mann umgeht und hat immer mit ihm gestritten", beharrte Ilias' Schwester und ich konnte unheimlicher weise spüren, wie dabei abermals Tränen in ihr aufstiegen. „Er hat diesen ganzen Streit nicht ertragen und sie vor die Tür gesetzt. Wir haben sie im Treppenhaus gefunden, der Ilias und ich, ihre eigenen Kinder. Ganz nackt ohne ein einziges Kleidungsstück saß sie da auf der Treppe und hat sich nicht mal geschämt." - „Euer Vater hat eure Mutter nackt ausgesperrt? Echt jetzt? Alexia, ist das dein Ernst?" - „Ja, er hat wohl gehofft, dass sie sich ordentlich schämt und endlich aufhört zu streiten. Deshalb hat er das gemacht."

Ich lehnte mich aufstöhnend zurück.

*

Telefonzellen haben eine merkwürdige Eigenschaft. Obwohl sie von drei Seiten her gut einsehbar sind, ist man drinnen für die Außenwelt gleichsam unsichtbar. Warum das so ist, weiß ich nicht. Aber zumindest wenn es jemand ausgesprochen eilig hätte, mich in die Finger zu bekommen, wäre eine Telefonzelle mit das beste Versteck, das mir spontan einfiele.

Alexia und ich hatten soeben beschlossen, das Telefonat zu beenden, weil wir miteinander keinen gemeinsamen Nenner mehr hinbekamen. Sie hielt mein Handeln weiter für ein Verbrechen an ihr und ihrem Bruder, ich sie für eine hoffnungslose Ignorantin. Daran, dass wir einander mochten, änderte das alles nichts. Aber wie in einem Krieg standen wir uns unvereinbar auf verschiedenen Seiten gegenüber. Am Ende weinten wir beide.

Ich schaute kurz auf, als ein Wagen vorbei fuhr. War das da drin etwa Aurel? Ich starrte auf den Beifahrersitz, wo sie scheinbar kerzengrade saß und starr an mir und der Zelle vorbei ins Nirgendwo blickte. Hatte man sie unter Drogen gesetzt?

Aber halt! Setzte man eine entführte Person im Auto nach vorne? Das jagte mir kurz durch den Kopf und kam mir komisch vor, aber ich meinte trotzdem, sie deutlich gesehen und auch nicht mit jemandem anders verwechselt zu haben. Schon weil ihre Haare wieder so perfekt saßen wie bei niemandem sonst außer ihr. Ich war mir total sicher.

Jetzt verkehrte sich der Segen, in einer Telefonzelle von außen nicht wahrgenommen zu werden, glatt zu einem Fluch. Weder hörte mich jemand, als ich drinnen losbrüllte, noch bekam ich die verdammte Tür weit genug auf, um mich sofort auf das Auto zu stürzen. Als ich dem Wagen endlich zu Fuß hinterher hechtete (mein Fahrrad hatte ich vergessen), war er schon viel zu weit entfernt, um das Nummernschild noch zu erkennen. Trotzdem rannte und schlingerte ich auf dem feuchten Laub des Frühherbstes die ganze lange Straße entlang, meine alberne Perücke in der einen, den Fahrradschlüssel in der anderen Hand, bis das Auto schließlich abbog und mich keuchend und auf meine gebeugten Knie gestützt zurück ließ.

Haltlos weinend schwankte ich zu meinem Fahrrad zurück und brauste stracks damit durch bis nach Moabit. Ich hatte kein Kleingeld mehr, um noch jemanden anzurufen und kam auch gar nicht auf die Idee. Statt dessen strampelte ich wie von Sinnen, weinte und fluchte dabei die ganze Zeit völlig verzweifelt vor mich hin, hatte meine Perücke längst irgendwo verloren und alle meine Vorsichtsmaßnahmen über Bord geworfen. Endlich erreichte ich das Haus, in dem ich mit Gleißner wohnte, ließ mein Fahrrad davor fallen und stolperte geradewegs durch den Haupteingang hinein, um bebend den Fahrstuhl nach oben zu nehmen. Und dann hing ich laut weinend an Gleißners Hals, hinter seinem Rücken erstaunt und nachdrücklich von vier großen Kinderaugen beobachtet.

„Unsinn", sagte er und „Doch, sie war es!", jammerte ich. „Kann gar nicht sein, ich habe sie vorhin noch gesprochen", sagte Gleißner und „Du hast schon beim letzten Mal keinen Verdacht geschöpft!" heulte ich. „Also gut, dann rufe ich da jetzt an und du beruhigst dich bitte", sagte er und griff zum Telefonhörer.

Atemlos verfolgten ich und die Kinder, wie er gemächlich die Nummer eintippte und lauschten dann dem langen Tuten, bis am anderen Ende endlich jemand abnahm. Es ging ein paar Sätze hin und her, wieder kurzes Warten, und dann reichte mir Gleißner den Hörer. „Billie?", hörte ich unverkennbar Aurels Stimme. Ich konnte es nicht fassen. Sie saß völlig okay in ihrer Bude und hatte nichts Besseres zu tun als mich gleich wieder auszuschimpfen. „Bitte, jetzt hör doch mal auf, dir immer solche Sorgen zu machen, Billie Oedland! Das ist ja nicht zum Aushalten, hier wimmelt es doch die ganze Zeit von Kollegen" und so weiter und so fort. Ich legte vor Erleichterung japsend den Hörer auf, schnappte mir Leni und vergrub mein Gesicht in ihrem dichten, dunklen Schöpfchen. Ich sah es ein, ich hatte mir tatsächlich zu viele Sorgen gemacht. Ich war am Durchdrehen und sah bereits Gespenster. So konnte es wirklich kaum weiter gehen.

*

Ich musste wieder lockerer werden. Das Leben einfach ein bisschen leichter nehmen. Mich und meine Lieben weniger verfolgt wähnen, auch wenn wir vielleicht tatsächlich verfolgt wurden, wovon ich nebenbei bemerkt immer noch felsenfest überzeugt war.

Aber war mir dieses Gefühl, durch erbarmungslose Umstände gejagt zu werden, nicht im Grunde total vertraut? Ich hatte doch mein ganzes bisheriges Leben in solchen Ausnahmezuständen verbracht. Und mir dabei angewöhnt, alles ganz normal aussehen zu lassen, nur damit die Katastrophen, mit denen ich fertig werden musste, den anderen nicht sofort ins Auge fielen. Damit ich genau deswegen bei den anderen nicht gleich unten durch war - obwohl ich selbst für nichts von den Umständen etwas konnte und auch nichts davon verursacht hatte.

Aufgrund all der Übung, die ich hatte, sollte es mir doch jetzt um so einfacher gelingen, die Dinge locker zu sehen! Wann würde ich meine Fähigkeiten auf diesem Gebiet endlich wach rufen und sie für mich beziehungsweise für uns nutzen? Und was war denn schon groß los? Ein paar Verbrecher begingen Verbrechen, das war doch fürwahr nichts Ungewöhnliches. Aus Versehen war ich irgendwie dazwischen geraten, wurde aber jetzt von der Polizei beschützt. Das klang doch nicht schlecht und gut war daran außerdem, dass ich erstmals ohne jeden Zweifel und einwandfrei zu den Guten gezählt wurde.

Himmel, wann hatte ich das denn je gehabt? Echt jetzt, ohne Spaß. Und galt dabei auch noch offiziell als schützenswert? Ich musste doch bloß an meine Familien denken, also sowohl an die, aus der ich kam, als auch an die, die ich mit Ilias zu gründen versucht hatte. Um nun festzustellen, dass die Rollen bei mir noch nie so klar und eindeutig verteilt gewesen waren wie jetzt. Alle sahen doch wenigstens dieses eine Mal, was los war, und unternahmen haufenweise Dinge, damit der Leni und mir nichts passierte. Wenn ich keinen absoluten Scheiß baute, konnte uns doch so gut wie gar nichts zustoßen. Na bitte – meine Selbst-Suggestion begann zu wirken, ich konnte es schon ganz genau spüren.

*

Bis nachmittags bei Gleißner plötzlich das Telefon klingelte, was privat äußerst selten vorkam. Ich war mit Leni allein in seiner Wohnung und wollte eigentlich gar nicht rangehen. Konnte ja wohl kaum für mich sein, oder? Und wenn es seine Ex war, was sollte ich der sagen? Ausgemacht hatte ich mit Gleißner nichts, eben weil keiner von uns mit privaten Anrufen auch nur für einen von uns beiden rechnete.

114

Er hatte keinen Anrufbeantworter. So läutete es und läutete ewig vor sich hin, bis ich dachte 'Ach zum Henker, was soll's' und den Hörer abnahm.

Dann staunte ich nicht schlecht. Es war tatsächlich für mich und zwar meine seit einigen Jahren frühzeitig pensionierte Lehrerin Frau Röttger aus dem Oberstufenzentrum. Sie sei um tausend Ecken herum an die Nummer gekommen, sagte sie. Wenn das der Alten gelingt und das auch noch so schnell, schoss es mir durch den Kopf, dann kann es eigentlich für niemanden in Berlin ein Problem sein. Ilias und seine Schwester fielen mir ein, die Zuhälter-Bande und natürlich die Feuerwehr, die meinen sabbernden Vater wie üblich an mich delegieren wollte.

„Was gibt es denn, Frau Röttger?", fragte ich also nur mäßig freundlich, so als würde sie mir jede Woche auf den Wecker gehen. Irgend wobei helfen wollte ich ihr ganz sicher nicht, deshalb mein warnend säuerlicher Ton.

Frau Röttger organisierte aus mir unbekannten Gründen Nadja Treibls Beerdigung. Im Rahmen dessen trommelte sie deren alte Schulklasse zusammen. Es waren anscheinend noch nicht viele ihrer Aufforderung nachgekommen, denn nun sagte sie fast flehentlich „Sibylle, es ist doch erschütternd, was mit der Nadja da passiert ist. Und ihr zwei habt euch doch immer recht gut verstanden, auch wenn ich immer befürchten musste, dass so etwas passiert. Also dass eine von euch oder ihr alle beide auf die schiefe Bahn geratet. Na, das lassen wir jetzt mal dahin gestellt sein. Geleitest du deine alte Schulfreundin auf ihrem letzten Weg, Sibylle? Ja oder nein."

„Frau Röttger, ich muss Sie jetzt auch erst mal etwas fragen", antwortete ich statt dessen, wie sollte es anders sein, mit einer Gegenfrage. „Sie und die Nadja standen sich doch kein bisschen nahe, wenn ich mich recht erinnere. Und das nicht zuletzt aus den eben von Ihnen erwähnten Gründen."

Mit diesen Worten gab ich listig den Ball an sie zurück. „Ihr Engagement in allen Ehren, Frau Röttger, aber darf ich fragen, wie es kommt, dass ausgerechnet Sie sich um ihre Beisetzung kümmern und nicht vielleicht Nadjas Mutter oder so?"

Sie war sofort angefressen. „Dann muss ich eines gleich mal klar stellen, ich richte die Bestattung gar nicht aus, sondern vermittle hier nur", bemerkte sie kühl. „Aber Sie können sich vielleicht an Ihren Mitschüler, den Matthias Brandenburg, erinnern? Er ging doch mit Ihnen und Nadja in eine Klasse und ist nun so freundlich, Nadjas Bestattung auszurichten.

Ich finde das sehr ehrenhaft von ihm und das hat meines Wissens nach noch nie ein Schüler für einen anderen getan. Oder können Sie sich daran erinnern, dass so etwas mal geschehen ist, Frau Oedland?" (Auf einmal war ich Frau Oedland und nicht mehr Sibylle).

Bei ihren Worten überlief es mich heiß und kalt, dazu stellten sich mir die Nackenhaare auf. Ich konnte mir gut vorstellen, dass die Bande für die „Vermittlung" der ahnungslosen, alten Kuh richtig was springen ließ und sie möglicherweise gut für ihre Handlangerdienste bezahlte. Von Lance, der anscheinend erfolgreich seinen Charme hatte spielen lassen, gar nicht zu reden. Und ich konnte wieder einfach nicht meinen Schnabel halten. „Es wurden meines Wissens auch noch nicht so viele Leute aus unserer Schule umgebracht, Frau Röttger. Oder haben Sie das anders in Erinnerung?", pfiff ich sie an. Und ich war noch nicht mit ihr fertig. „Ach und jetzt lassen Sie also Nadjas mutmaßlichen Mörder so mir nichts dir nichts die Beisetzung ausrichten, Frau Röttger?"

„Sie sollten bloß aufpassen, was Sie da behaupten, Sibylle!", kam es ebenso scharf aus dem Hörer zurück. (Zufälle gibt's, plötzlich war ich wieder die Sibylle). Ich hatte in ein Wespennest gestochen, denn jetzt hörte sie gar nicht mehr auf zu zetern und selbst allerlei dummes Zeug ungefiltert in die Welt zu setzen.

Sie wüsste ja durchaus, so schwadronierte Frau Röttger herum, dass der Matthias als Junge auch seine Schwierigkeiten und Fehler gehabt hätte, wie bald jeder Jugendliche auf unserer Schule, das sei ja gar keine Frage. Das würde sie natürlich auch so sehen (Aber klar!). Aber Menschen könnten sich ändern, predigte sie weiter, und 'der Matthias' hätte sich geändert. Dabei würde sicher der Einfluss des alten Brandenburg eine Rolle spielen. Das wäre der Onkel von dem Matthias und ein äußerst angesehener Berliner Richter, wie mir gewiss bekannt sei (war es mir gewiss nicht).

Und durch diese günstigen Verhältnisse habe sich der junge Mann - Gott sei's gedankt - schlussendlich gefangen und wirke inzwischen eben so ansehnlich wie richtiggehend reif auf seine alte Lehrerin. Das könnte auch mich durchaus etwas lehren, „das meine ich ernst, Sybille!" (Sibylle!). Und mit dem Mord an Nadja habe er nicht das geringste zu tun, das hatte 'der Matthias' ihr, Annegret Röttger, glaubhaft versichert und sogar geschworen.

Ich befürchtete ja, dass das ihr voller Ernst war und wusste nicht, ob ich mich totlachen oder los kotzen sollte. Aber klar – was dem Typen reihenweise bei den Mädels gelang, klappte auch gut (und womöglich noch besser) bei vereinsamten alten Schachteln, die 'ihr Leben für den Schuldienst gegeben hatten'. (O-Ton Annegret Röttger).

Da lobte ich mir doch Aurels Nachbarinnen Frau Oberüber und Frau Schönlein, die dem guten Mattias Brandenburg alias Lance Groover, anders auch als meine teure Freundin Aurel, nicht auf den Leim gegangen waren und diesen Menschen als das erkannt hatten, was er war, ein Scheiß-Lude nämlich (ich hatte das Wort mittlerweile nachgeschlagen). Aber während ich albern verkleidet durch Berlin gerannt war, hatte er sein Trapper-Outfit abgelegt und war wieder zum Schwiegermutti-Traum mutiert. Punkt für ihn. Und leider nur der erste von so einigen, wie ich bald feststellen musste.

„Und falls es dich noch interessiert, Sibylle. Die Nadja hat leider keinen so guten Weg hinbekommen. Die musste sich ja mit diesem alten Lustmolch einlassen und das hat sie nun ihr junges Leben gekostet!", trötete die Röttger weiter in mein Ohr und überlegte es sich ihrerseits kein bisschen, ob es schlau war, Gerüchte in die Welt zu setzen. Sie wusste angeblich über alles haarklein Bescheid. „Das war ja auch keine gute Familie von der Nadja, leider.

Alle aus dem Osten, wohl Russen. Und welche Rolle die Mutter spielte, weiß ja auch niemand. Die ist jedenfalls abgetaucht, die Mutter. Ich hoffe, dieser alte Mädchenfänger oder Unternehmer, wie der sich nennt, hat den Anstand, nicht bei der Beisetzung seines Opfers zu erscheinen." Nun hatte sie sich vollkommen in Rage geredet. „Vorher wird er wahrscheinlich sowieso festgenommen worden sein, schätze ich. Oder er hat sich längst abgesetzt. Mit Geld kriegt man das ja alles hin." (Das sagte die Richtige!).

Meine alte Lehrerin hörte überhaupt nicht mehr auf zu erzählen. „Der hatte ja noch die Stirn, die arme Nadja dauernd ins Fernsehen zu zerren. Mal mit, mal ohne die Mutter. Gott, war das Mädel aber auch naiv, muss man ja leider sagen! Schlimm ist das alles. Also, was ist, Sibylle?", fragte sie plötzlich abrupt. „Können wir mit dir rechnen?"

Ich war hin- und hergerissen. Klar war das eine Falle, das war meilenweit zu riechen. Aber fing ich hier endlich meinen lang erwarteten Ball (Völkerball …) und bekam eine einzigartige Gelegenheit, die Gegenmannschaft kontrolliert auszuschalten? Oder überschätzte ich mich maßlos? Wohl kaum - wusste ich doch immerhin einen Trupp bestens informierter

Berliner Bullen an meiner Seite. Das dachte ich zu diesem Zeitpunkt jedenfalls.

Und der toten Nadja gegenüber quälte mich das schlechteste Gewissen der Welt. Sollte ich nicht wenigstens den Anstand haben, auf ihrer Beerdigung zu erscheinen? Nach allem, was ich angerichtet hatte, um Aurel, diese uneinsichtige Gans, zu retten?

Aber eines täte ich ganz sicher. Ich würde das zuvor alles mit Gleißner besprechen! Ich ließ mir von der Röttger ihre Nummer geben und versprach, sie so schnell wie möglich zurückzurufen.

*

Doch - eine Situation gibt es (auch beim Völkerball), der ich ein ums andere Mal völlig machtlos gegenüber trete. Nämlich, wenn die Leute klammheimlich die Seiten gewechselt haben und ich das aus irgendwelchen Gründen nicht mitkriege.

Beispiel Ilias. Eigentlich ließ ich mich ja nicht so mir nichts dir nichts verprügeln, eigentlich von niemandem auf der Welt. Ich hätte genug Tricks drauf gehabt und wäre stark genug gewesen, mich zur Wehr zu setzen, wenn ich aus dieser Ecke nicht verdammt noch mal einfach nie etwas Böses erwartet hätte, und zwar buchstäblich ums Verrecken nicht und jedes Mal aufs Neue nicht, leider.

Anstatt ihn, wie im Selbstverteidigungskurs gelernt, auf der Stelle gezielt auszuschalten, schloss ich gefühlte tausend Mal mit hartnäckiger Ahnungslosigkeit die Wohnungstür auf – nur um mich dahinter böse überfallen zu lassen. Endlich erleichtert in einem (meinem) Nest angekommen, lernte ich scheinbar einfach nicht dazu.

Warum ich das hier wiederkäue? Weil es mir auch mit Gleißner am Abend passierte, nur auf andere Weise. Natürlich trug der sich nicht mit der Absicht, mich zu verdreschen. Doch er hörte sich meine Schilderung des nachmittäglichen Telefonats mit der Röttger erst geduldig an, um dann mit in Falten geworfener Denkerstirn und ruhiger Stimme zu verkünden, dass meine Lehrerin durchaus richtig läge mit dem was sie sagte.

Bezüglich Nadja Treibl's gewaltsamem Tod läge der Fokus der Ermittler nämlich tatsächlich inzwischen auf ihrem einstigen und letzten Lebensgefährten, dem reichen Unternehmer Rainer Passmann. Der gut und gerne Nadjas Großvater abgeben könnte, seit Jahrzehnten als verhaltensauffällig gegenüber sehr jungen Frauen galt und mit Nadjas Mutter bestens bekannt war. Und von dieser Mutter ich ihm, Gleißner, doch selbst berichtet hätte, dass es gut möglich sei, dass diese Frau ihre Tochter an Männer wie Passmann verkaufe, nur um mal mit meinen eigenen Worten zu reden, mit denen ich wiederum oftmals die Ermordete zitiert hätte. (Ich erinnerte mich gar nicht daran, das quasi dauernd getan zu haben).

Ich holte tief Luft und wollte einwenden, dass das zwar alles stimme, ich aber schon hätte blind sein müssen, um Nadjas zerschundenes Gesicht im Café Voltaire nicht zu bemerken. Und dass ich ihren Auftritt mit Passmann im Fernsehen sehr wohl gesehen habe, der doch stark dafür sprach, dass Nadja ein Leben in Luxus mit diesem Kerl einem Nutten-Dasein zuzüglich Prügel vorzog. Und dass dieser Mann, so widerlich er auch sonst gewesen sein mochte, sie am Ende nicht umgebracht hatte, sondern sie vor den Zuhältern beschützen wollte. Und was denn eigentlich überhaupt der Obduktionsbericht sage, setzte ich in einem hellen Moment hinzu.

Aber da ging es schon ohne Punkt und Komma weiter. Der Obduktionsbericht ließe wieder einmal ewig auf sich warten. Ich könnte ja mal selbst versuchen, der Gerichtsmedizin Beine zu machen. Aber ob ich denn völlig verdrängt und vergessen hätte, redete Gleißner ununterbrochen auf mich ein, wie Nadja mir ihre schrecklichen Lebensumstände an der Seite solcher Kerle wie Passmann geschildert habe, sowie ihre Ausbruchsversuche daraus, die Passmann kaum gefallen haben dürften. Hatte ich natürlich nicht, kam dann aber kaum mehr zu Wort.

Na und mit diesem Stand der Ermittlungen, schloss er tröstend, bräuchte ich doch auch kein schlechtes Gewissen mehr zu haben, weil Nadjas Tod mit an Sicherheit grenzender Wahrscheinlichkeit gar nichts mit mir zu tun gehabt hätte.

Gleißners Problem bestand meines Erachtens ganz einfach darin, ein Mann zu sein. Und als solcher reagierte er reflexhaft auf die Grundsätze, die an Stelle einer wie auch immer gearteten Gerechtigkeit das Leben in dieser Stadt bestimmten. Da galt schlicht Groß schlägt Klein, Mann schlägt Frau, Reich schlägt Arm, Am längeren Hebel sitzender schlägt den, der abhängig ist, und so weiter und so fort. Hielt man sich an diese „Grundsätze" und sei es unbewusst, mochte es das Leben erleichtern. Und bloß den letzten Gliedern in der Kette wie den Frauen, Kindern oder Leuten, die nicht über ausreichend Beziehungen verfügten, schwante bisweilen, was da in Wahrheit ablief, einfach weil sie Opfer wurden. Weiter oben in der Hierarchie erkannte man nur lauter sich selbst erfüllende

Prophezeiungen, hatte wenig Zeit für Zweifel und vergaß dann einfach alles, was noch möglich war.

Und so sehr mich Gleißner liebte und mir meine schlimmen Erfahrungen mit Leuten wie Lance Groover zumindest teilweise abnahm, waren sich die Herren doch außerhalb der Wohnung, in der ich die ganze Zeit über gehockt und mir Illusionen gemacht hatte, längst einig geworden. Alle, auch Wolf Guntermann von der Sitte, waren dabei und auch Aurel, dieses Schaf.

Matthias Brandenburg alias Lance Groover und Arslan Ötz-irgendwas alias Au Pair waren keine Sekunde länger mutmaßliche Täter. Sie waren zu bedauernswerten Opfern mutiert und wurden von gesichtslosen, osteuropäischen und asiatischen Zuhälter-Banden in ihrer Stellung in Berlin bedroht und gnadenlos gejagt. Gegen solche Gefährder schienen ihre eigenen Untaten auf einmal harmlos. Tja, so schnell konnte das gehen. Nadja zum Beispiel hatten die Kerle bloß tot aufgefunden und ihren Mörder, Rainer Passmann, gleich selbst ausgemacht. Und wenn sie jetzt so schön mit den Bullen zusammen arbeiteten, wurden sie von denen bestimmt auch nicht weiter belangt. Und ihr Plan ging auf, ich konnte Gleißner bloß noch fassungslos anstarren.

Es handelte sich mit den vordringenden, neuen Banden berlinweit um eine völlig neue Dimension der Kriminalität, erzählte mein Vertrauter und Beinahe-Chef in konspirativem Ton. Und da ergäben sich halt andere Schwerpunkte.

Dazu hatte Gleißner von Aurel doch selbst gehört, dass ihr Aufenthalt im Keller des geschlossenen Schlossparktheaters mehr als eine – allerdings mit Sicherheit unkonventionelle - Kontaktaufnahme gedacht gewesen war und nicht gleich als, Gott bewahre, Entführung oder so, wie von mir hektischem Huhn irrtümlich angenommen.

Schließlich hatte sie dort niemand hart angefasst. Sie habe sich im Großen und Ganzen sogar ganz anständig versorgt gefühlt und im Nachhinein über sich selbst lachen müssen, weil es ihr im Grunde ganz leicht gemacht worden sei zu fliehen. Wie mein Beispiel mit dem losen Kellerfenster-Gitter ja ohne weiteres anschaulich gezeigt und bewiesen hätte.

Mir fehlten nach wie vor die Worte. Ich musste einsehen, dass es überhaupt keine eigene Mannschaft gab, dass es wahrscheinlich nie eine gegeben hatte. Wie schon mein ganzes Leben über kämpfte ich mutterseelenallein, umgeben von Ignoranten. Spontan schossen mir die Tränen in die Augen.

Nein, halt! Nun war ich zu pessimistisch. Es gab zwei Leute, die zu mir gehalten hatten und das waren ausgerechnet Brecht und Britzke gewesen, beeilte sich Gleißner nun zu erzählen. Alle beide glaubten scheinbar weiter fest an meine Version und hatten ihrem Chef geraten, dies ebenfalls zu tun, fuhr er freimütig fort. Der einzige, einfache und durchaus logische Grund, den sie hatten, war der, dass sie sich keine fähigere Kollegin als mich vorstellen konnten – na gut, oder als ich es eben beinahe geworden wäre.

Habe ich jemals etwas Schlechtes über Brecht oder Britzke gesagt? Bitte ausradieren und alle Rückstände beseitigen. Angesichts der unverhofften Parteinahme der beiden wurde ich vor Stolz glatt einen halben Meter größer.

Aber nur, um von Gleißner gleich wieder kurz gemacht zu werden. Er habe seine eigene Meinung dazu, verkündete er fröhlich, mich dabei in die Arme schließend und inniglich küssend. Er kenne mich nun gut genug und auch der Zustand, in dem ich mich befände, sei ihm ja nicht neu. Er freue sich irrsinnig, er liebe mich irrsinnig, ich sei damit aber ganz klar überempfindlich und nicht weiter ernst zu nehmen. So in etwa lautete seine Botschaft.

Ach ja, einen der „Grundsätze" habe ich noch vergessen zu erwähnen. Sämtliche anderen Zustände schlagen schwanger. Immer und unter allen anderen Umständen. Ich sollte zum Arzt gehen und wenn es nach ihm ging, auch ruhig zu Nadjas Beerdigung und mir um Himmels Willen nicht immer so viele Sorgen machen, schloss Gleißner. Unterredung beendet.

Mein schonungsloses Fazit dieses Austauschs lautete: Ein Wort unter Männern zählte mehr als ein Menschenleben. Und diesen Mord hier konnte ich noch nicht mal aufklären, weil mir bereits klar war, wer es war und das bloß niemanden mehr interessierte. Schöne Scheiße. Was sollte ich denn jetzt bloß machen?

*

Nachdem ich alle schweren, innerlichen Schockwellen überstanden hatte, beschloss ich, Ruhe zu bewahren und das üble Spiel zum Schein mitzumachen. Denn eins schien ja offenbar wahr. So sauer die Bande sicher auf mich gewesen sein mochte, jetzt hatten sie längst andere Probleme. Hinter denen wollte ich mich verstecken.

Leni versteckte ich bei Steffi im Frauenhaus. Ganz im Zeichen, dass alle alten Schwierigkeiten längst überholt und überwunden waren, fing sie sofort an, friedlich mit Steffis kleinem Robert zu spielen.

Obwohl ich das meinem Kind beinahe übel nahm, nahm ich es zum Anlass, unverzüglich wieder davon zu radeln. Vielleicht war ja was dran und ich in meinem Zustand tatsächlich einfach überempfindlich, sagte ich mir die ganze Rückfahrt über.

Es war noch nicht mal meine Idee gewesen, dass wir alle gemeinsam zur Beerdigung fuhren. Also Gleißner, Aurel, ich, Brecht und Britzke am Morgen darauf und alle in einem unauffälligen, aber geräumigen Passat, von dem ich noch nicht einmal wusste, wem er eigentlich gehörte. Wir holten einen nach dem anderen ab, als letztes Aurel aus ihrer Wohnung in der Bleibtreu.

Sie trat totenbleich aus der Tür, was durch die schwarzen Klamotten, in denen sie wie wir alle steckte, noch unterstrichen wurde. Die Wochen allein in ihrer Bude waren ihr ganz und gar nicht gut bekommen, schoss es mir durch den Kopf, wobei sie aber bloß sagte, sie hätte eigentlich Magen Darm und schon absagen wollen. Na, vielleicht täuschte ich mich wie so oft in ihr oder sie litt an beidem zugleich. Auch keine ungewöhnliche Kombi.

„Du sitzt mal besser vorne, nur für den Fall der Fälle", sagte Gleißner, der fuhr (war offenbar Chef-

Sache) und beorderte mich ohne großen Widerstand meinerseits nach hinten.

Wovon direkt Protest aus den Sitzen hoch gebrubbelt kam und zwar von Brecht und Britzke, die im Chor monierten, ich solle besser mal vorne bleiben. Für so was sei ja wohl ich die Spezialistin und wie es aussah grad im Moment mal wieder erst recht. Wusste hier eigentlich jeder außer mir besser als ich selbst, wie es mir ging und ob ich mal wieder schwanger war? Das hatte ich bestimmt Aurel zu verdanken. Geschah ihr ganz recht, dass ihr so übel war, da wusste sie mal, wie man sich schwanger so fühlt, die alte Schwatz-Blase!

Ich quetschte mich kommentarlos neben meine Beinahe-Kollegen auf den Rücksitz, wo sie zwar schein-kooperativ nacheinander kurz auf dem Sitz hüpften, aber keine Handbreit Platz machten und konnte von deren angeblicher Sympathie für mich und meine Sichtweise des Falles rein gar nichts feststellen. Entweder hatte Gleißner stark übertrieben oder sich die Parteinahme der beiden für mich von vornherein nur ausgedacht.

Bestimmt, um mich friedlich zu stimmen. Ich traute hier sowieso niemandem mehr und hatte mich schon mächtig gewundert, dass ausgerechnet Brecht und Britzke vor ihrem Chef groß den Mund aufgemacht haben sollten. So kannte sie ja auch nun wirklich keiner, dachte ich knurrig.

Wir düsten vom Ku'damm aus in Richtung Grunewald, um dort kurz vor dem Roseneck den Hohenzollerndamm zu kreuzen und in Richtung Dahlem und Steglitz weiter zu fahren. Der Friedhof lag irgendwo in Steglitz.

Kurz dachte ich, dass wir ja dicht bei Leni und dem Frauenhaus vorbei fuhren. Die Gegend kam mir eh so bekannt vor, Hubertusbader Straße flog auf einem Straßenschild an uns vorbei.

Ich schaute nach der Telefonzelle, aus der ich wenige Tage zuvor nach meinem Telefonat mit Ilias' Schwester so verzweifelt gestürmt war. Und dann sah ich nicht bloß die Zelle, sondern mich gleich mit drin, wie ich mit dem Hörer am Ohr langsam den Kopf drehte, Aurel auf dem Beifahrersitz des Passats erst ungläubig anstarrte und dann mit einem Gesichtsausdruck blanken Schreckens den Hörer fallen ließ und an der Zellentür zog.

Ich sah mich hinaus stolpern und hinter uns her rennen, mit unfassbar platten und dünnen Fusselhaaren auf dem Kopf, die der leichte Nieselregen nicht schöner machte. Ich sah die Perücke, mit der ich versucht hatte, mich auf meinen

Streifzügen durch Berlin unkenntlich zu machen, in meiner einen Hand und meinen mittlerweile riesigen Schlüsselbund in der anderen so deutlich, dass ich im Auto unwillkürlich in meine Tasche griff, um mich seiner darin zu vergewissern (Immerhin Schlüssel von Aurels Wohnung, Ilias und meiner, Gleißner's Wohnung, Frauenhaus, Fahrrad..., Gott sei Dank! Alles da).

Ich wandte den Kopf, sah nach hinten, sah mich hinter uns her jagen und auf dem feuchten Laub taumeln und herum schliddern. Ich konnte mich laut schreien hören und sah trotz des Regens, wie Tränen über mein Gesicht liefen. Als wir an der Ecke abbogen, sah ich als letztes, wie ich keuchend stehen blieb und meine Hände auf die Knie stützte. Und ich war ehrlich gesagt froh, dass ich nicht lang hingeschlagen war und mir was gebrochen hatte, Schwein gehabt.

Ich verlor mich selbst aus dem Blickfeld. „Nein, halt!", rief ich im Wagen, was alle heftig zusammen fahren ließ. Etwa zeitgleich waren von Aurel laute Würge-Geräusche zu vernehmen. Gleißner bremste so jäh, dass die Reifen quietschten, fuhr rechts ran, wo Aurel die Beifahrertür aufstieß und in den Rinnstein kotzte. Wir übrigen hielten uns alle die Ohren zu.

Nachdem sie sich zweimal ganz entsetzlich übergeben hatte, schleppte sie sich aus dem Wagen, taumelte über den Bürgersteig und machte drüben im Gebüsch weiter. Gleißner fuhr mit der offenen Tür ein paar Meter nach vorn, damit wir nicht direkt neben Aurels Erbrochenem standen. Ich wandte den Kopf und erblickte die verblüfften Gesichter meiner Beinahe-Kollegen. „Donnerwetter!", meinte Britzke. Und „ihr seid vielleicht miteinander verbunden, das ist ja der Wahnsinn!", bemerkte Brecht. Ich brauchte einen Moment um festzustellen, dass sie glaubten, mein Rufen habe sich auf Aurels Zustand bezogen. Na, sollten sie doch! Um so besser, dachte ich noch im selben Augenblick. Mein abgefahrenes Erlebnis von eben hätte mir doch ohnehin niemand abgenommen.

Ich selbst wusste ja auch nicht mehr, was ich glauben konnte und von meinem Erlebnis, mir selbst zu begegnen, halten sollte und schrumpfte auf dem Rücksitz nahezu auf Korngröße zusammen. Doch als Aurel endlich wiederkam, schwankend, immer noch stockbleich, sich schweigend wieder zu uns setzend und die Autotür zu pfeffernd, bemerkte ich plötzlich, was das Wichtigste war, während sich der Wagen langsam wieder in Fahrt setzte.

Ich saß doch mit drin, war doch alles gut. Ich war nicht mehr allein. Und mochten sich doch alle benehmen, wie sie wollten. Endlich war ich irgendwo angekommen. Endlich gehörte ich mit dazu, irgendwie jedenfalls.

*

Auf dem ebenso großen wie unübersichtlichen Steglitzer Friedhof, der auch noch lauter verschiedene Ein- und Ausgänge hatte, suchten wir ewig herum und wechselten sogar noch den Parkplatz, bis wir endlich und gerade noch rechtzeitig zur Trauerfeier für Nadja eintrafen.

Beim Verlassen des Passats hatte Gleißner vorgeschlagen, dass Aurel beim Auto blieb und sich dort hineinlegen konnte, wenn es ihr zu viel wurde. So viel Entgegenkommen war ich von ihm bei ihr gar nicht gewohnt. Aber sie bestand darauf, mit uns zu kommen und hängte sich auch noch schwer bei mir ein. Ich schielte kurz hoch zu ihrem Gesicht, das immer noch aussah wie ein Schluck Wasser in der Kurve. Keiner von uns allen liebte, was wir vorhatten, aber bei Aurel kamen mir echte Zweifel, ob sie der Sache gewachsen war.

Als wir zu der Gruppe stießen (von der wir hofften, es sei die richtige), die langsam hinter dem Sarg her wanderte, löste sich daraus eine Gestalt und kam uns entgegen. Es war, wie ich erstaunt feststellte, meine Lehrerin Frau Röttger, die in ihrem dezenten, dunklen Kostüm und dem modern aufgelockerten Haarknoten richtiggehend edel aussah. Ich hatte Mühe, sie wiederzuerkennen. So um Jahrzehnte verjüngt, wie sie wirkte.

Gleich durfte ich feststellen, woran das lag, denn dass sie kaum wiederzuerkennen war, sollte mir nicht nur bei ihr so gehen. Obwohl ich mir ja schon denken konnte, dass Lance Groover nicht länger den Trapper gab, war ich doch genau so baff über seine Verwandlung wie über die meiner Lehrerin.

Lance trug das nachgedunkelte Haar jetzt kurz geschoren, was ihn aussehen ließ, als säße auf seinem Hals tatsächlich ein Charakterkopf, ein allzu gebräunter vielleicht, doch das ließ sich auf den zurück liegenden Sommer schieben. Von seiner glänzenden und unsäglich aufgedunsenen Muskelmasse ahnte man in dem schicken, dunklen Anzug nichts. Im Gegenteil, Farbe und Schnitt zauberten daraus aufregend männliche Konturen. Kleider machten eben auch aus Mordbuben Leute, musste ich unsagbar genervt für mich feststellen und knirschte dabei lautlos mit den Zähnen.

Die sichtbar gute Stimmung zwischen ihm und der Röttger tat mir natürlich weh. Beide lachten und schäkerten derart miteinander herum, dass man glatt hätte vergessen können, wo wir hier überhaupt waren und aus welchem Anlass wir hier waren.

Aber ich vergaß es nicht. Nicht mal für eine Sekunde. Auch Nadja Treibl hatte den großen Auftritt geliebt. Ich sah sie vor meinem inneren Auge immer noch im Fernsehen und wusste, wie stolz sie die paar zweifelhaften Minuten dort gemacht hatten. Was für eine zauberhafte Gestalt sie trotz allem abgegeben hatte mit ihrer dunklen Schönheit. Und wie jung wir sie hier nun zu Grabe trugen, während ihr Mörder offenbar glaubte, dieses Kapitel einfach hinter sich lassen zu können. Zopf ab - und die Nächste, bitte! Warum hielt solche Menschen eigentlich keiner auf?

Oder was war denn mit der Fake, die sich, weil sie Lance begegnet und sich ebenfalls auf diese verflixte Ratte eingelassen hatte, nun schon seit langem die Radieschen von unten ansehen musste? Noch so ein bezaubernder junger Mensch, der hier nicht mehr mitlachen konnte und es bestimmt auch nicht getan hätte. Mich flutete quasi stellvertretend für die beiden ersatzweise der Hass. Sollten die beiden Turteltauben hier flachsen dürfen, als hätte es ihre Opfer nie gegeben? Sollten sie die Geschichte umschreiben können, wie es ihnen verdammt noch mal in den Kram passte?

Ohne mich, ich starrte den Drahtzieher und seine neue Muse die ganze Zeit über zutiefst grimmig an. Sollten sie ruhig mitbekommen, dass nicht jeder toll fand, was den Säcken auf der Beerdigung ihres Opfers so alles an Selbstdarstellung einfiel. Dafür bekam ich prompt von Aurel eins in die Seite gerempelt. Weil die wohl dachte, ich könnte aus lauter Eifersucht kaum an mich halten. Da schloss sie wohl mal wieder voll von sich auf andere, die Gute!

Immer weniger wollte auf dieser Schaubühne der Eindruck aufkommen, dass das hier eine Beerdigung sein sollte.

Die Röttger schaute an uns rauf und runter und monierte gleich mal, dass wir zu spät kämen. Erst meine Bemerkung, es gäbe doch auch ohne uns schon genug Zuschauer für ihre seltsame Show, stopfte ihr für kurze Zeit den Schnabel. Diese Frau hatte ja nie eine Gelegenheit ausgelassen, um meinen Lebenswandel zu kritisieren. Nun sollte sie ruhig mitbekommen, wie sehr ich mich an ihrem störte. Fortan trafen mich ihre giftigen Blicke wie Pfeile, während Lance hartnäckig so tat, als würde es mich gar nicht geben. Ich vermutete, er traute sich nicht, mir mit seinem glasigen und unsteten Blick in die

Augen zu sehen. Tja - so ein Junkie-Blick ließ sich nicht mal eben kurz scheren und in einen schicken Anzug stecken.

Ab und an spürte ich, wie Gleißner zu mir hin schielte. Dann verließ mich für den Moment das Gefühl, hier im schlechtesten Theater seit Menschengedenken zu sitzen. Auch wenn sich unsere Jungs hier insgesamt befremdlich gut einfügten. Sie wirkten wie die Security auf einem Wichtig-wichtig-Event. Fehlten nur noch die Sonnenbrillen.

Lance konnte mir nichts vormachen, da konnte er den gesetzestreuen Bürger geben, so viel er wollte. Denn erstens folgte ihm wie ein Schatten und auf dem Fuße der Türke Au Pair, der aussah, als habe man einen Bullterrier in ein Jackett gesteckt. Darüber hinaus schwankten beide so unsicher von einem Bein aufs andere, als tappten sie über den Mond. Sicher waren sie bis zum Scheitel voll gekokst, vermutlich um das Spektakel überhaupt zu überstehen. Das konnte ich allerdings mit jeder Minute besser verstehen.

Vor allem, als sich plötzlich Rainer Passmann von der Seite her in den Tross einreihte. Nadjas kaum mehr lebendig wirkende Mutter schleifte er an seinem Arm hinter sich her und im Schlepptau hatten sie ein Team vom Privatfernsehen.

Oh Gott, wir konnten nicht mehr aufhören, ungläubig hinter den beiden her zu starren. Passmann ließ vor der Kamera abwechselnd seine schüttere Mähne fliegen und die Goldkronen blitzen. Damit wirkte er in der Realität noch deutlich abgewrackter als im Fernsehen. Aber egal. Die Tatsache, dass die beiden überhaupt gekommen waren, erschien mir schon wieder bemerkenswert.

Dem Mann konnte ja kaum entgangen sein, dass er inzwischen als Nadjas Mörder gehandelt wurde, aber er stellte sich der Situation – zwar in gewohnter Schonungslosigkeit, aber immerhin. Vielleicht nahm das ja der ach so geläuterten Bande und ihrem applaudierenden Publikum etwas von ihrem Heiligenschein.

Aurel ließ auf halbem Weg plötzlich meinen Arm fallen und trat taumelnd den Rückweg an. Kurz überlegte ich, sie zu begleiten, war dann aber doch zu neugierig, was passieren würde.

*

Für die Trauerrede am Grab hatten sie den lahmsten Redner aller Zeiten gewonnen. Er leierte lauter Hobbys herunter, denen Nadja angeblich leidenschaftlich nachgegangen war (wovon offenbar nie jemand etwas gemerkt hatte). Darüber, dass sie zuletzt sehr wahrscheinlich ihren Körper verkaufte und über die Umstände ihres Ablebens in so jungen Jahren verlor der Mann kein Wort. Ganz so, als schicke es sich nicht, auf ihrer Beisetzung über ihren Tod zu sprechen, das musste man auch erst mal schaffen. Am Ende behauptete der Typ, Nadja sei seit Jahren mit Rainer Passmann verlobt gewesen. Einander versprochen, so drückte er sich aus, wozu der Unternehmer eifrig nickte und Nadjas Mutter, die sich davon nicht sichtbar wiederbeleben ließ, dauernd in den Arm kniff.

Die beiden hatten es geschafft, sich mitsamt des Film-Teams nach vorn zu drängeln, um an dem bereits in die Grube herunter gelassenen Sarg in der Schlange der Kondolierenden als erste zu stehen.

Da lief die ganze Sache auch schon schwer aus dem Ruder. Während sich Passmann medienwirksam in ein gewaltiges Taschentuch schnäuzte, zischte es leiser und schließlich zunehmend lauter 'Mörder' in der Schlange hinter Passmann und Nadjas Mutter. Erst versuchte er noch, die Rufe zu ignorieren und schnäuzte sich einfach noch lauter, doch dann begann er, wirr um sich zu schauen, brüllte „Selber Mörder!", verlor taumelnd und torkelnd den Halt und stürzte tatsächlich, Nadjas so gut wie widerstandslose Mutter mit sich hinab ziehend, unter gellendem Geschrei direkt in die offene Grube, wobei mir noch auffiel, dass die Kamera glatt hinter ihnen her schwenkte und voll drauf hielt.

Daraufhin brach ein unfassbarer Tumult los. Es herrschte ein heilloses Durcheinander, nur ich stand weiter wie angewurzelt hinten in der Schlange, als ich plötzlich einen harten Gegenstand zwischen meinen Rippen spürte. „Billie the Kid kommt jetzt mal mit und zwar schnell, sonst kracht's!", raunte mir Au Pair von hinten ins Ohr und schon zwängte er sich ohne Zeit zu verlieren mich vor sich her schiebend durch die Leute davon. Auch wenn ich noch verzweifelt versuchte, Ausschau zu halten, konnte ich Gleißner, Brecht oder Britzke nirgends entdecken.

Als hätte ich's nicht geahnt, war Lance in Windeseile zu uns gestoßen und so rannte ich wie in einem ganz üblen Albtraum zwischen den zwei Zuhältern in einem Affenzahn zum Parkplatz zurück. Dort angekommen, schrak Aurel, die sich tatsächlich im Auto hingelegt hatte, vom Rücksitz hoch.

Hatte sie uns etwa verraten und schon auf uns gewartet? Doch danach sah es nicht aus, sie schien ähnlich überrascht und perplex über die Vorgänge zu sein wie ich. Au Pair schob mich, am Kragen gepackt, auf den Fahrersitz, dann rannte er um den Wagen herum und warf sich auf den Beifahrersitz neben mich. Lance packte sich mit einem „Rutsch mal!" zu Aurel nach hinten. Im Rückspiegel sah ich die ganze Zeit ihre schreckgeweiteten Augen. Ich beschloß, wenn es irgend ging, den Seitenspiegel zu benutzen.

„Na, wo soll's denn hingehen?", fragte ich scheinbar ruhig und kurz nachdem Au Pair das Auto mit einem seiner vielen Ersatzschlüsseln gestartet hatte. Ich war alles andere als eine geübte Autofahrerin, aber es war immer noch besser, ich fuhr, als einer von den zugedröhnten Säcken. Das sahen sie wohl auch so. „Schlossparktheater?", schob ich nach. Solange sie Leni nicht hatten, behielt ich einigermaßen die Nerven, darauf konnte ich mich verlassen. „Oder wollt ihr gleich nach Hamburg zum schönen Bruno?"

Keine Ahnung, woher ich diesen alten Traum von Lance plötzlich ausgegraben hatte, aber noch als ich es aussprach, spürte ich, dass diese Typen genau diese Möglichkeit als ihre einzige Chance anzusehen schienen. Ob der schöne Bruno, ein im ganzen Land bekannter Hamburger Zuhälter, sich auf drogensüchtige Gesellschaft aus Berlin freute? Da konnten einem schon Zweifel kommen. „Fahr zu meiner Wohnung!", brummte Lance.

Gott sei Dank, nichts Unbekanntes. Ich fuhr los, nun schon wieder mit ein wenig mehr Lebensmut ausgestattet. Hatte ich doch Gleißner akribisch, - auch als der kaum noch etwas davon hören wollte - , über Lance' private Jagdgründe (das geschlossene Theater und seine Wohnung ganz in der Nähe) aufgeklärt. Hoffentlich verlor er keine Zeit, dort nach uns zu suchen, wenn sie den ollen Passmann und die Alte von Nadja mal endlich aus der Grube gezerrt hatten. Aber womit? Unsere Leute hatten doch kein Auto mehr. Na, da würden sie wohl die Polizei kommen lassen müssen.

Mein bisschen Mut bekam empfindliche Risse, als kurz vor Lance' Wohnung ein Typ mit einem Kind auf dem Arm herum stand. Prompt sackte mir das Herz in die Hose. Mir wurde schwarz vor Augen und ich kotzte im Schwall gegen die Windschutzscheibe. Weil ich gesehen hatte, dass es meine Leni war.

So, dann saßen wir jetzt also endgültig in genau der Scheiße, die ich die ganze Zeit über hatte kommen sehen.

*

Alle außer mir verließen fluchtartig den Wagen, in dem es nun bestialisch stank. Ich musste das Ding aber noch irgendwo parken, also blieb ich hocken und wischte mit einem Tuch auf der Scheibe herum, bis ich überhaupt nichts mehr sah. Trotzdem stand ich schließlich nach schier endlosem Kurbeln schief in einer Lücke und verließ schwankend und ohne abzuschließen den Wagen.

Wo waren die anderen? Suchend sah ich mich um und entdeckte Aurel umgekippt und halb über dem kniehohen Zaun eines kleinen Vorgartens hängend. Ihr Arm stand in einer ganz absonderlichen Stellung vom Körper weggestreckt. Er musste gebrochen sein. „Aurel", sagte ich zitternd, bleib bei ihr stehen und wollte sie berühren, als mich jemand hoch zerrte und mir mit einem Schubs in den Rücken bedeutete, weiterzugehen. „Billie", hörte ich Aurel hinter mir am Boden meinen Namen stöhnen, dann hörte ich nichts mehr. Wahrscheinlich war sie wegen der Schmerzen ohnmächtig geworden. „Wir können sie da nicht so liegen lassen", sagte ich zu der Person hinter mir, die mir den Arm schmerzhaft verdreht an den Rücken presste. „Hast du 'ne Ahnung, was wir alles können. Los, weiter!", sagte die Stimme und da ich vorne Lance mit finsterem Gesichtsausdruck und Leni auf dem Arm die Haustür aufhalten sah, konnte es nur das Arsch Au Pair sein, das mir zudem noch seinen stinkenden Atem in den Nacken blies.

Eine Frau kam vorbei. „Bitte helfen Sie meiner Freundin, die dort verletzt liegt! Rufen Sie die Feuerwehr", sagte ich zu ihr. Sie warf mir einen argwöhnischen Blick zu, Au Pair hatte mich kurz losgelassen. „Warum helfen Sie ihr denn nicht selbst?", fragte sie mich in aggressivem Tonfall zurück, wartete meine Antwort nicht ab, sondern fuhr gleich fort. „Ich hab' keine Zeit für so arbeitsscheues Gesindel wie euch, dazu bis oben hin voll mit Drogen. Und dann sollen sich die andern bitte sehr auch noch kümmern. Sie sollten sich was schämen!". Das reichte ihr wohl an Beschimpfungen und sie schickte sich an, ohne etwas zu unternehmen einfach weiterzugehen.

Vorne an der Haustür sah ich Lance jetzt jemanden freundlich grüßen, der ins Haus wollte. Ich holte tief Luft und verfluchte innerlich diese Scheiß-Stadt, in der es jeder jederzeit für wahrscheinlicher hielt, einem Haufen Aliens über den Weg zu laufen, als Kriminelle zu Nachbarn zu haben, die vor aller Augen die schlimmsten Dinge anstellten. „Ich kann jetzt nicht, bitte Sie aber inständig. Rufen Sie die Rettung!", schickte ich der Tante, die bereits kopfschüttelnd davon gestöckelt war, hinterher, bevor mich abermals ein schmerzhafter Tritt in den Rücken vorwärts zwang. Fast hätte ich angefangen zu schreien und nicht mehr aufgehört.

*

Ruhig, ermahnte ich mich. Behalt bloß die Nerven. Noch ist nichts ganz Schlimmes passiert und die Polizei trifft hoffentlich jeden Moment ein. „Was hatte die Fotze da zu bequatschen?", fragte Lance Au Pair, als wir zusammen den Treppenflur betraten. Der schaute sich kurz um und versetzte mir dann einen Handkantenschlag mitten ins Gesicht. Das sollte wohl seine Antwort sein.

Vor meinen Augen begann es intensiv rot zu leuchten. „Mama?", hörte ich Leni von oben ganz leise fragen, schaute aber lieber nicht hoch zu ihr. Der Türke drehte meinen Kopf zu sich her und fasste mich grob ans Kinn. „Zuhörn, Billie the Kid! Dein Kind hat schon kein Papa mehr! Willst du auch drauf gehn?", fragte er mich in seinem krepligen Deutsch. „Verstehst du das, Fotze? Wir haben ihn gegrillt, den Scheiß-Griechen. Weil du dich eingemischt hast, Fotze! Wenn du nicht brav die Fresse hältst, ist ganze Familie weg. Alle tot! Geht fix, weißt du."

Ich fing an zu weinen, was mir nicht schwer fiel. Einmal aus echter Verzweiflung, dann aber auch, damit mich die beiden als so harmlos wie möglich einstuften. Sie konnten mich beschimpfen und schlagen, so viel sie wollten, durften mich aber auf keinen Fall fesseln oder ähnliches. So hätte ich meinen Völkerball niemals mehr fangen können.

Wer glaubt, der Weg in die Hölle führe immer nach unten, der täuscht sich gewaltig. Sie wartete gleich oben in luftiger Höhe auf uns, denn Lance' Wohnung lag ja im vierten Stock. Das Haus hatte keinen Fahrstuhl. Also arbeiteten wir uns Stufe für Stufe nach oben vor, während mir ein depressiver Teil meines Gehirns einreden wollte, dass die beiden Ärsche nun vollenden würden, was ihnen damals nicht gelungen war. Zudem würden sie noch meine beiden Kinder umbringen, das Geborene ebenso wie das Ungeborene. Es fühlte sich an wie das Ende, dem ich mit jedem Schritt nach oben näher rückte.

Ob Ilias wirklich tot war, wie sie behauptet hatten? Falls ja, musste er bei Leni im Frauenhaus aufgetaucht sein. Vielleicht hatte er sie entführen wollen und das war ihm gar nicht gut bekommen.

Doch war ich die Frau, die schneller aufgab als der Schall? Ich riss mich zusammen und wohl deswegen registrierte ein anderer Teil meines Gehirns penibel jedes Detail bei unseren Peinigern. Beide gerieten zunehmend außer Form, es schien auch ihnen mit jeder Minute schlechter zu gehen. Während Au Pair am Treppenabsatz unten bloß schnaufte, war es oben bereits ein gewaltiges Keuchen.

Lance' Hand krallte sich bei jedem Schritt um das Treppengeländer, um ihn danach mühsam hinter sich her zu ziehen. Er hatte alles Dämon-hafte verloren und wirkte so aufgepumpt, als würden ihm gleich die Adern auf seinem Handrücken platzen und um die Ohren fliegen. Wenn ich jetzt im Vorfeld nicht völlig die Nerven verlor, könnte ich meine Chance kriegen. Ich duckte mich ein wenig, so wie kurz vor dem Sprung.

*

Wir betraten die Wohnung, die noch viel weitläufiger war, als ich sie in Erinnerung hatte. Lance' hatte kaum den Schlüssel von sich geworfen, da stieß mich Au Pair bereits in eins der Zimmer, „Brauch' jetzt 'ne Pause!" brummte er. Lance kam hinterher, aber nur, um mir mit einem brutalen Grinsen „Mutti macht's ihm jetzt richtig gemütlich und ich entspann' mich mit deiner Kleinen" zuzuraunen. Danach verließ er uns und machte die Tür von außen zu.

Das Letzte, was ich von Leni sah, waren ihre Ärmchen, die sie mir über seiner Schulter zu streckte, während sie lauthals zu weinen begann.

Mein gemartertes Gehirn registrierte sogar, dass sie bereits vorher rot geweinte Äuglein gehabt hatte, was ich gar nicht von ihr kannte.

Au Pair senkte sich stöhnend auf mich, während bei seinem Jackett ein Knopf platzte und davon flog. Der Türke blieb zur Hälfte über mir hängen und hatte mit seinem rechten Bein mein linkes Bein fixiert, hielt das linke aber noch abgespreizt. Das half schon immens - aber wer mir wirklich Beistand leistete, war die Zimmertür.

Altbauten haben es ja an sich, dass dort ständig etwas knackt und knarzt. Mal sind es die Böden, dann wieder die Fensterrahmen oder eben die Türen. Vieles ist aus Holz und das dehnt sich mit jedem Temperaturunterschied oder zieht sich zusammen. Oder was weiß ich. Es hört sich für meine Begriffe jedenfalls immer so an, als würden alle ehemaligen Bewohner dort noch ständig herum spuken.

Die Tür machte also irgendein Geräusch. Ich starrte mit doppelt so schreckgeweiteten Augen wie Aurel zu ihr hin, direkt an Au Pairs aufgeschwemmtem Gesicht vorbei, und wimmerte dabei so etwas wie „Nein … oh Gott … nicht schießen …".

Und der Sack über mir fiel auf den ältesten Trick der Welt herein. Er machte mit seinem Kopf nur eine

Vierteldrehung in Richtung der Tür, aber die reichte mir völlig, um meinen Ball zu fangen. Mit einem einzigen Stoß knackte ihm mein spitzes Knie die fetten Eier. Er wandte mir mit einem jammervollen Grunzlaut das Gesicht wieder zu – woraufhin ihn meine beiden Handkanten rechts und links an den Halsschlagadern trafen.

Gleich war zu merken, Maßnahme drei – mit so vielen Fingern wie möglich in die Augen stechen – war nicht mehr nötig. Praktisch, denn da grause ich mich eh vor. Ich ließ den Fettsack „Pfffff" machen und mit verdrehten Augen wie ein gefällter Baum langsam auf mich zu sinken. Bevor er auf mich fallen konnte, glitt ich seitlich unter ihm hervor, war mit einem Satz auf den Füßen und sprang vorsichtshalber an seine Seite außer Reichweite seiner Beine, für den unwahrscheinlichen Fall, dass er mir noch hätte ein Bein stellen können. Noch während er dumpf rumpelnd auf dem Boden aufkam, riss ich mir meinen schwarzen Beerdigungs-Blazer vom Leib, holte aus dessen Innentasche einen Riesenkabelbinder, den ich immer bei mir trage und band Au Pair damit die fetten Hände im Rücken zusammen. Ging alles nahtlos ineinander über, meine Ausbilder hätten mir *Standing Ovations* gegönnt.

Ich musste den Typen nicht groß abtasten, sondern riss ihm gleich die 9 Millimeter-Knarre hinten aus dem Gürtel. Das ist ja das einzig Gute, wenn sich dauernd so ein Wichser an dir reibt – du weißt sofort, ob er eine Waffe hat und wo. Geladen war sie auch, ich entsicherte sie und war mit einem Satz an der Tür.

Doch draußen machte mich der Altbau gleich wieder fertig. Ich hatte null Orientierung und musste zwei leere Zimmer checken, bis ich endlich die richtige Tür aufriss. Lance saß inmitten des Zimmers mit meinem nackten Kind auf dem Schoß. Ich schoss ihm – *Bamm!* - ohne Vorwarnung ins Bein.

*

Die Kugel hatte den schönen Anzugstoff zerstört, ließ dafür aber erstaunlich wenig Blut sehen, welches aus der Mark-Stück großen Wunde zu sickern begann. Lance hatte mein Kind unter Gebrüll fallen lassen. Und meine kleine, nackte Leni legte danach auf Anhieb eine Judo-Rolle hin, für die andere lange üben müssen und kam mir dann wie ein sehr schneller Käfer entgegen gekrabbelt.

Ich fiel auf die Knie, ohne die Pistole zu senken oder den verletzten Lance aus dem Auge zu lassen. Bei mir angekommen, zog sich Leni an mir hoch und schob sich unter meinen Riesenpulli, mit dem ich ständig veralbert wurde, von wegen, da passt du zweimal rein. Dreimal, wenn's sein muss, dachte ich zufrieden grimmig, während Leni oben aus meinem Kragen seitlich mit herausschaute. Egal, was passiert sein mochte - was zu verpassen kam für sie immer noch nicht in Frage.

So nahe Leni und ich in diesen paar Sekunden unserer Vorstellung vom Paradies kamen – so deutlich sah Lance nun, wie alle seine Felle davon schwammen. „Bild' dir bloß nichts ein, alte Fotze!", schrie er, während er sich mit schmerzverzerrtem Gesicht aus dem Stuhl hochzog und sich, das verletzte Bein steif hinter sich her ziehend, zum Fenster schleppte. „Der Junge ist bloß nicht in Form gewesen, so sieht's aus. Sonst wärst du längst! in! den Arsch gefickt! Dreimal in den Arsch gefickt, so sieht's doch aus, du blöde Fotze!" Er riss das Fenster auf und lehnte sich stöhnend hinaus.

„Komm vom Fenster weg", sagte ich mechanisch. Was ihn veranlasste, sich umzudrehen und noch viel lauter auf uns einzuschreien. „Eine verdammte Fotze sagt mir nicht, was ich tun soll! Ich sage der verdammten Fotze, was sie tun soll!"

Mir klangen schon die Ohren und mein Kopf schaltete um auf Blumenwiese. Das passiert mir immer, wenn mich jemand unbeherrscht anbrüllt. Dann läuft vor meinen Augen ein breites Banner vorbei – *BLUMENWIESE! BLUMENWIESE!* - und schon sitze ich zwischen bunten Blüten im Gras, den Duft von frisch Gemähtem in der Nase, ein laues Lüftchen weht und ich zähle Schmetterlinge. Normalerweise nützt mir das was, aber nun wischte ich mir die Vision wie eine Haarsträhne vom Gesicht. Auch wenn ich die größte Gefahr für so gut wie gebannt hielt, sollte ich wachsam bleiben, immer auch mit einem Ohr an der verdammten Haustür. Wann kam denn da bitte mal jemand?

Die Bogenschützen-AG in der Schule fiel mir ein, an der sowohl Lance als auch ich seinerzeit teilgenommen hatten. Heillose Schwachsinns-Idee bei der Klientel in der Schule und aus heutiger Sicht, bei der ich aber eines gelernt habe. Egal, ob mir die Haare ins Gesicht hingen, ob ich Rotz und Wasser heulte, wie Espenlaub zitterte, an meinen Vater, einen Kerl oder an meine Pickel dachte, - schießen konnte ich immer und überall.

Das hatte damals alle erstaunt und Lance war das natürlich auch nicht entgangen. „Damit kannst du dich bei der Polizei bewerben, so was können die da wohl brauchen", hatte mein Lehrer anerkennend bemerkt und sämtliche Mitschüler hatten neidisch zugehört. Und wie man weiß, war ich seinem Rat gefolgt.

Lance lehnte derweil rückwärts am offenen Fenster und hatte dabei vor sich hin brummend einen Riesenjoint und ein Feuerzeug aus seiner Brusttasche hervor gefingert. Tief atmete er die frische Luft ein und versuchte mit zittrigen Händen, sich das Ding anzuzünden. „Hast du eigentlich eine Ahnung, wie scheiß-schlecht du im Bett bist, Billie Oedland?", murmelte er währenddessen. „Mit Abstand das Mieseste, was mit je unter den Sack gekommen ist! Du, aber mit Abstand. Echt nicht gelogen!". Er schüttelte den Kopf, als mache ihn das noch immer fassungslos. „Du bist so eine Ober-Null", fuhr er fort. „Kenn' sonst keine solche Null wie dich, ehrlich. Noch nicht mal 'ne echte Polizistin ist aus dir geworden. Schau dich doch an, noch nicht mal das!"

Er lachte weiter kopfschüttelnd abfällig vor sich hin und zog gierig an dem Joint, den er endlich zum Glühen gebracht hatte.

Himmel – wo blieben bloß Gleißner und die anderen? Es fing an, sich wirklich ganz schön zu dehnen hier. Mir war mittlerweile klar geworden, das sich diese kaputte Type von mir erschießen lassen wollte. Gnadenschuss, so sah er das wohl. Ich begriff schlagartig, dass er sich allein dafür Leni gekrallt und den ganzen Aufwand betrieben hatte. Wahrscheinlich hatte sogar Ilias dafür dran glauben müssen. Dass der schöne Bruno in Hamburg keine echte Option abgab, musste Lance schon eine ganze Weile lang klar gewesen sein. War sowieso bloß so ein Traum von ihm, vielleicht weil er so überzeugt davon war, dem ähnlich zu sehen.

Und was blieb dann noch? Dass er sich von der Konkurrenz um die Ecke bringen ließ? Was, wenn die sich dabei Zeit ließen? Darauf hatte Lance doch garantiert keinen Bock. Oder er spielte den jugendlichen Liebhaber für unsere pensionierte Lehrerin, für die olle Röttger. Na, ich sah schon ihr ungläubiges Gesicht vor mir, wenn er mal wieder rückfällig geworden wäre.

Aber das fehlte grade noch, dass ich dem Arsch als Plan B so billig kam und ihn einfach abknallte. Dass ich dafür in den Bau wanderte, war leider keineswegs ausgeschlossen. Ich machte mir über die Verhältnisse in dieser Stadt keine Illusionen.

Irgendein Staatsanwalt, bestimmt einer, der sich bei Lance' tollem Richter-Onkel in Erinnerung bringen wollte, konnte mir ganz fix aus ein paar Indizien und Hinweisen einen Strick drehen. Wenn die Polizei – *endlich!* - die Tür eingetreten hätte, würde sich kaum noch nachweisen lassen, wie ich in diese Wohnung gelangt war. Ich war, wie man allseits wusste, nicht bei der Polizei gelandet und hielt eine, wenn man so wollte, illegal erworbene Waffe in der Hand, mit der ich dann jemanden umgebracht hätte.

Der Grund dafür wäre locker gefunden. Hatte ich nicht die Polizei-Ausbildung abbrechen müssen, weil mein Spind bis zum Rand mit Drogen voll gewesen war? Na bitte, aus demselben Grund hätte ich dann den Vater meines Kindes umgebracht, um ihm meine Tochter zu entreißen und hier meinem alten Schulfreund für ein bisschen Stoff anzubieten. Und der hätte nicht genug bei sich gehabt, woraufhin ich ihn dann erschossen hätte. Auf Entzug ist man halt reizbar. Das hatte sich ja bereits unten auf der Straße gezeigt. Die Olle, die sich geweigert hatte, Hilfe zu holen, würde das unter Umständen sogar noch bezeugen.

Also hieß es hier weiter durchhalten, das Beste hoffen und vielleicht doch noch etwas herauszubekommen. „Jeder hat sich rächen wollen für den Scheiß, den du da im Bett abgeliefert hast", schwadronierte Lance gerade heiser geworden weiter, während er mich mit seinen rotumränderten Augen zu fixieren versuchte und hastig an seinem Stumpen zog. „Auch dein Türkenbengel übrigens oder Grieche oder was auch immer! Der hat ja direkt vor meiner Nase was in deinen Spind gepackt, aber die Mikro-Mengen, die der dabei hatte, hätte ja jeder durchgewunken." Er wieherte leise vor sich hin. „Gott sei Dank hatte ich mehr dabei, da gab's dann für die Kollegen echt was zu entdecken." Er verschluckte sich, hustete und röchelte eine Zeitlang, was das Zeug hielt. Schließlich laberte er mühsam weiter. „Aber sauer waren wir alle beide auf dich, dein blöder Grieche genau so wie ich. Hattest es echt nicht besser verdient, Billie Jean. Hattest noch was gut bei uns. So eine Scheiß-Niete im Bett hat die Welt noch nicht gesehen! Gönnt man ja den Bullen auch nicht, das versaut denen ja die Mittagspause. Willste schön ficken – und dann das!" Er johlte seltsam erstickt los, was prompt in einem weiteren Hustenanfall mündete.

Nun hätte ich wirklich gern den Vizepräsi von Berlin, einen Herrn namens Wetterstein, dabei gehabt, der mich seinerzeit noch angebrüllt hatte, ob ich ihm allen Ernstes weismachen wolle, dass mir jemand anders den Spind mit Stoff gefüllt hätte. Ich sollte mich allein für die Idee grenzenlos schämen, hatte es geheißen, bevor er mich ganz offiziell für alle Zeiten vom Polizei-Dienst ausschloss. Bei ihnen käme grundsätzlich kein Fremder rein, schon gar kein Krimineller, hatte er mich zuvor noch aufgeklärt. „Die Polizei hat ihre Augen überall!"

Oh ja - Lance' Gebrabbel hätte das Zeug gehabt, diesen Menschen zu bekehren. Zumal sich unter allen Kerlen, die sich meine Spind-Tür quasi in die Hand gegeben hatten, auch noch mein Ex-Vorgesetzter und heutiger Lebensgefährte befunden hatte. Doch, Wettersteins Bild von der Berliner Polizei hätte den einen oder anderen Riss abbekommen. Wirklich zu schade, dass er das nicht hören konnte.

Mir selbst blieb bei Lance' Worten eine gewisse Genugtuung. Ja, die kleine, unscheinbare Billie Oedland. Das graue Mäuschen mit den flusigen Haaren und nun auch noch solch eine Niete im Bett und all das. Dass dieses Wesen bei der Polizei hätte landen können – davor hatte ein ganzer Haufen Leute ganz schön Schiss gehabt. Völlig zu Recht, wie sich jetzt zeigte, völlig zu Recht, dachte ich befriedigt.

Trotzdem stand meine Situation hier nicht zum Besten – also für meine Begriffe noch lange nicht so, wie sie hätte sein können.

Jedenfalls, solange die anderen nicht endlich kamen. Ich dachte fieberhaft nach. Was wusste ich verdammt noch mal über Gewalttäter und eigentlich sämtliche Egomanen dieser Welt? Was interessierte die, selbst wenn sie nichts mehr zu verlieren hatten? Ihre Opfer oder gar Reue? Ach Quatsch, das konnte man vergessen. Da konnte man als Ex von so einem Kerl später den Kaiser von China heiraten und zwölf gesunde Kinder vorweisen, aufgereiht wie die Orgelpfeifen. Das würde eine Figur wie Lance noch nicht mal veranlassen, aufzuschauen.

Aber es war etwas völlig anderes, sobald es sich um ihn selbst im Verbund mit einer Frau drehte. Da wollte ich doch drauf wetten, dass er sich an alles bestens erinnerte, an jeden Blick, jedes Wort, sogar noch jeden Furz. Hätte man ja mal brauchen können und kitzelte wohl außerdem so schön das Ego.

„Du, Lance, mal kurz was anderes", änderte ich also meine Taktik mit beiläufiger Mädchenstimme.

„Mmh?" - Er sah mich zwar immer noch nicht an, hob aber den Kopf und schnipste den aufgerauchten Stummel aus dem Fenster. Er machte eine winzige Bewegung, so als ob er ihm nachschauen wollte, tat es aber dann doch nicht. „Du schießt nicht, Billie Oedland", sagte er statt dessen resigniert und ohne mir in die Augen zu schauen. „Das weiß ich."

„Lance, ich muss was wissen. Ich will echt wissen, wie du das gemacht hast damals", fuhr ich mit lahmem Arm, aber immer noch hellwacher Birne fort. Auf einmal wusste ich, wie sich eine Uroma fühlt, längst total klapprig, aber bei glasklarem Verstand. Ganz schön fieser Zustand. Ich atmete tief durch und nahm einen weiteren Anlauf. „Wie hast du das bloß geschafft, Lance?", hörte ich mich zwitschern.

„Was denn?", fragte er, hob den Kopf und sah mich auf einmal direkt an. Dabei schien er wieder locker und verjüngt. Die Arme hielt er vor der Brust verschränkt, ab und zu zupfte er an der Hose seines angeschossenen Beins.

Ich atmete schwer und tat, als suche ich nach Worten. „Na, wie hast du das bloß hingekriegt, dass man bei dir immer dachte … ." - Ewig konnte ich die Sätze nicht dehnen, sonst verlor er noch das Interesse. „… dass man bei Dir immer irgendwie der einzige Mensch auf der Welt war, der dich verstanden hat. Und den du verstanden hast.", setzte ich hinzu.

Stille. Traf das auf einen Nerv bei ihm? Er fuhr mit dem Daumen über den Fensterrahmen, riss sich einen Splitter ein und steckte sich den blutenden Daumen in den Mund, wobei er plötzlich wirkte wie ein Kind. „Ich hab' nichts gemacht", murmelte er mit dem Daumen im Mund und gesenktem Kopf, was den Eindruck noch verstärkte, einen verwirrten Jungen vor sich zu haben. „Wieso überhaupt was gemacht? Ich war doch einer von euch, ich hab' euch doch verstanden." Und dann sagte er den denkwürdigen Satz „Ein Schweinchen erkennt doch das andere am Gang." Dazu grinste er jetzt schwach. „Ich hab' dazu nichts machen brauchen."

Schließlich riss er den Kopf hoch, um nach oben zu der schönen Stuck-Decke zu starren. Sein Blick strich langsam über jede Verzierung, als wolle er sie sich genau einprägen. „Mein Onkel hat mich das erste Mal in den Arsch gefickt, da war ich acht", bemerkte er plötzlich übergangslos und riss dabei die Augen weit auf. „Ich hab geglaubt, das wüsstest du. Und er hat mich an alle seine honorigen Kumpels verliehen. Du ahnst ja nicht, wie viele Leute das brauchen, dass sie mal ein Kind in den Arsch ficken können. Tja, so war das."

Er klopfte mit der blutenden Hand gegen den Fensterrahmen, was rote Spuren darauf hinterließ. „Immerhin hat er mir die Bude hier vermacht", sagte er und klang darüber immer noch stolz. „Hat auch nicht jeder! Siehst du. So kommst du in Berlin an so eine Wohnung, Billie. Nun weißt du's."

Dann lehnte er sich weit zurück und ließ sich fallen.

Wie lange wir anschließend dort hockten, ich immer noch mit dem ausgestreckten Arm und der Pistole darin und auf das leere Rechteck des offenen Fensters starrten – darüber gingen die Meinungen später auseinander. Mir kam es vor wie eine halbe Minute. Gleißner behauptete, es könnten zwischen zwanzig Minuten und einer halben Stunde ins Land gegangen sein.

Als er ins Zimmer gestürmt kam, hätten wir nicht einmal aufgeblickt, erzählte er. Er habe mir die Waffe aus meiner erstarrten, eiskalten Hand gewunden, sich zu uns gehockt und so hätten wir eng umschlungen für ein paar Minuten einfach auf dem Parkett gesessen. Kann sein oder auch nicht sein, ich kann mich an nichts dergleichen erinnern.

Schließlich habe er die nackte Leni unter meinem Pulli hervor gezogen, sie mit seinem Körper gewärmt, ihre Kleidungsstücke zusammen gesucht und sie wieder angezogen. Auch davon habe ich so gut wie nichts mitbekommen.

Woran ich mich wieder entsinne, ist, dass er mir sagte, dass Aurel sicher im Benjamin-Franklin-Krankenhaus gelandet sei. Es hatte anscheinend doch jemand einen Krankenwagen gerufen, denn er selbst war über den Polizeifunk schließlich über ihr Eintreffen im Krankenhaus informiert worden. Bestimmt als man in der Klinik ihre Personalien aufgenommen und an Hand dessen festgestellt hatte, dass es sich um eine Polizistin in Zivil handelte.

Außer dem gebrochenen Arm und ihrer schweren Magen-Darm-Infektion sei ihr aber weiterer Schaden erspart geblieben. Wie man's nimmt, dachte ich. Von der Vorstellung, in Steglitz mit bestem Kaffee bewirtet zu werden, dürfte meine Freundin ein für allemal genug haben. War das gut oder schlecht für sie und was machte das mit ihr? Ich hätte es nicht zu sagen vermocht, wollte sie das aber bei Gelegenheit fragen.

Sie lag wohl auf der selben Station wie Ilias, der den Anschlag der Bande wider Erwarten schwer verletzt überlebt hatte. Steffi mitsamt den Kindern war vor dem Frauenhaus tatsächlich von meinem Ex-Lebensgefährten überfallen worden. Als ein weiterer Mann auftauchte, habe sie erst gedacht, der Fremde wolle ihr zu Hilfe eilen, bis der unvermutet eine Pistole gezogen und Ilias mit einem Schuss niedergestreckt hatte. Bevor sie sich versah und überhaupt realisierte, was passiert war, hatte der Typ sich Leni geschnappt und war mit ihr auf dem Arm verschwunden.

Die Bande musste Ilias seit langem auf dem Radar gehabt haben. Im Grunde vergewisserte sie sich seiner bereits seit der Zeit, als dieser auf die Idee gekommen war, in meinem Spind Marihuana zu 'verstecken', um meine Polizei-Ausbildung zu sabotieren. Er hatte ihnen nicht nur mit meinem Schlüssel Einlass in die Polizeistation verschafft, sondern die Bande konnte anschließend auch noch viel skrupelloser vorgehen, in dem sie in meinem Spind mit harten Drogen gründlich aufstockten.

Die Zuhälter hatten von Anfang an auf Nummer Sicher gehen wollen, um mich auszuschalten, weil ich für ihre Begriffe entschieden zu viel über ihre Machenschaften wusste. Früher oder später würde ich plaudern oder mein Wissen gegen sie verwenden, davon waren sie überzeugt und als ich Aurel aus dem Keller des Schlossparktheaters befreite, war für sie das Maß voll gewesen.

„Du hattest von Anfang an recht, dich von denen verfolgt zu fühlen. Hast dir da überhaupt nichts eingebildet", sagte Gleißner und geleitete uns am Arm unten auf der Straße an Lance' abgedecktem Leichnam vorbei. Er gab Leni und mir nacheinander einen Kuss. „Wir haben alle nicht geschaltet, uns fürchterlich getäuscht und es tut mir unendlich Leid!"

Meinem ganzen wirren Gerede in der Folge, wegen dem Tod des Zuhälters möglicherweise gerichtlich belangt zu werden, entzog er sofort den Boden, weil die beiden Kriminellen uns ja vom Friedhof weg entführt hatten. „Ach ja!", sagte ich. Das hatte ich in der Aufregung total vergessen.

Dank Leni kriegten wir uns bald wieder ein. „Da!", äußerte sie sehr bestimmt und jeder von uns bekam einen Piks von ihrem spitzen kleinen Fingernagel ab. „Ja, genau. Da!", machte Gleißner und küsste ihr das kleine Fäustchen. „Da!", echote ich leise und wischte mir dabei eine Träne von der Backe.

*

Als wir Aurel im Benjamin Franklin besuchen wollten, machten wir statt dessen im Eingangsbereich gleich wieder kehrt. Denn erst einmal sahen wir Wolf Guntermann von der Sitte an uns vorbei nach oben rauschen, einen Riesenstrauß Rosen in der Hand. Und wie stets hatte er für nichts anderes Augen als für „seine"Aurel, die ihn mit hoher Wahrscheinlichkeit wieder abblitzen ließ. Aber vielleicht war es ja diesmal doch anders und so wollten wir auf keinen Fall stören. Man soll ja nie aufhören, auf ein Wunder zu hoffen, war unsere Meinung.

Ilias im Krankenhaus besuchen, das wollte ich auch nicht. Klar war er Lenis Vater, doch ich hatte einfach für dieses Leben genug von meinem schönen Griechen. Was hätte er mit seiner und meiner Tochter angestellt, wenn man ihn gelassen hätte und bestimmt ohne einen einzigen Gedanken mehr an mich, ihre Mutter, zu verschwenden?

Alles sprach dafür, dass er mit Leni nach Griechenland hatte abhauen wollen, wo seine Großeltern lebten. Er hatte wohl ein Flugticket bei sich gehabt, was ihm eine Anklage wegen versuchter Kindesentführung einbringen würde. Man, was war ich froh, den Mann nicht geheiratet zu haben! So hatte ich, was Leni anging, als ihre Mutter alle Rechte und er gar keine. Das wollte ich um nichts auf der Welt mehr aufs Spiel setzen. Wo kein Rosenkrieg nötig war, würde ich garantiert keinen anzetteln. So drehten wir wieder um und besuchten im Krankenhaus niemanden. Davon starb man ja nicht so schnell.

*

Nicht viel später lag ich, den Arm um Gleißners sportliche Hüften geschlungen, im saugemütlichen Bett einer Finca auf Malle. Entgegen unserer Gewohnheiten hatten wir für eine Urlaubswoche auf Mallorca Berlin den Rücken gekehrt und schoben hier nun einen faulen Lenz. Den Vormittag hatten wir am Meer verbracht, waren dann noch in den kleinen Pool gehopst und hatten alles getan, was uns sonst noch so einfiel. Jetzt lagen wir selig da und fächelten uns Luft zu.

In Berlin hatte ich noch mitbekommen, wie mein Vater tatsächlich einen Heimplatz für sich hatte ergattern können. Ein Pilotprojekt, bei dem sie ihm sogar täglich kontrolliert Alkohol zu trinken gaben. Ich konnte es kaum fassen, wusste noch nicht, was ich davon halten sollte, fühlte mich aber von einer Riesenlast befreit.

Bei meinem bislang einzigen Besuch dort dachte ich allerdings gleich wieder, ich müsste durchdrehen, als mich die Pflegekräfte grün und blau damit nervten, ich solle mich doch öfter mal mitsamt dem Enkelchen bei meinem alten Vater blicken lassen. Man hätte doch nur einen Vater im Leben und meiner sei im Grunde seines Herzens doch ein ganz lieber Kerl und so weiter und so fort.

Gereizt stieß ich bloß hervor, sie sollten ihm mal einen Vormittag lang ohne Alk begegnen, dann hätte es sich was mit dem 'liebem Kerl'. Gleißner zog mich schließlich weg, als die Sache aus dem Ruder zu laufen begann. Für meine Begriffe fiel er mir noch in den Rücken, weil er behauptete, ich würde es nicht so meinen. Natürlich meinte ich es genau so, wie ich es sagte.

Erst zu Hause habe ich dann verblüfft begriffen, dass mein Alter auf diese Weise endlich doch noch das Leben lebte, das er immer hatte leben wollen. Er brauchte sich um nichts zu kümmern, während er sich in aller Ruhe zu Tode soff. Ach, sollte doch jeder nach seiner Fasson glücklich werden.

Es rummste im Nebenzimmer bei uns in der Finca. Dann hörte man Kinderweinen und den in der Finca ansässigen knie-hohen Mischlingshund durch unser Zimmer tappen. In der Mitte des Raumes hielt er mit erhobener Pfote inne, drehte sich langsam um zu horchen und - umzukehren.

Er war ganz vernarrt in Leni und mein Töchterchen hatte es sich in den Kopf gesetzt, ihn als Schaukelpferd zu benutzen und mit ihm durch die Gegend zu reiten. Kehrte er zu ihr zurück, bekam sie ihn am Ohr zu packen, zog sich an ihm hoch und schwang sich auf seinen Rücken. Beim ersten Schritt purzelte sie auf der anderen Seite sofort wieder herunter. Zuverlässig erfolgte Geschrei und der Hund ergriff erschreckt die Flucht. Bis ihn das schlechte Gewissen in unserer Zimmermitte wieder einholte und das Ganze von vorn begann.

„Sie hat ihn eben bei den Eiern. Typisch Frau!",
brummte Gleißner, ohne hinzusehen. Er war noch
bedient von dem Theater, das seine Ex angezettelt
hatte, als er seinen Sohn in Alexander hatte
umbenennen lassen wollen. Iskander, die arabische
Version von Alexander, war für Berlin einfach zu
exotisch und der Hänsel-Faktor in der Schule
erheblich, wenn man so hieß. „Unfassbar, was die
Frau veranstaltet hat um das zu verhindern", stöhnte
Gleißner und griff sich jammervoll an den Kopf.

Ich nickte, vernahm aber als wichtigste Botschaft,
dass mir den Mann bloß keiner wieder wegnahm,
etwa durch plötzlich auftretende Vernunft, elterliches
Getue oder sonstiges. Sollte sie doch schön exaltiert
bleiben, seine Ex. Um so fester wähnte ich mich im
Sattel.

„Herrlich, eine ganze Woche lang frei zu haben und
hier nur für uns zu sein", murmelte ich, räkelte mich
zurecht und drehte mich langsam auf den Rücken.
„Ja, nein, äh- nicht ganz", erwiderte Gleißner betont
gemächlich. Es entstand eine etwas unsichere Pause,
dann sprach er weiter, wobei ich dachte, ich höre
wohl nicht richtig. „Sitzen alle schon im Flieger,
haben vorhin angerufen. Und hier reicht ja im
Prinzip der Platz."

„Wie bitte?" Ich richtete mich alarmiert auf. „Wer sitzt bitte im Flieger hierher und warum?" - Ich hatte mich leider nicht verhört, der ganze Haufen war auf dem Weg zu unserer Finca, wie mir Gleißner bestätigte, während er voll schlechtem Gewissen zu mir herüber schielte. Aurel war dabei und Guntermann von der Sitte, Britzke mit seiner nervigen Yvette, nebst Brecht mit einem Freund. Freund? Jedenfalls saß der ganze Trupp schon im Flieger. Wie sie das in der Inspektion angestellt hätten, wüsste er selber nicht und sei auch nicht sein Problem. Er hätte kein Urlaubsgesuch unterschrieben und damit sei es ihm auch egal, bemerkte Gleißner.

Ich hatte Mühe, überhaupt noch etwas zu kapieren, begriff aber vage, dass unsere ruhige Zeit hier sehr bald vorbei war. „Wie lange haben wir noch?", fragte ich nach einer Weile schwach. Er warf einen Blick auf die Uhr und wiegte bedächtig den Kopf hin und her. „Stunde? Wenn's hoch kommt, zwei."

Ich tat einen Jammerlaut und ließ mich wieder zurück sinken. Meine Honeymoon-Urlaubswoche verpuffte ins Nichts, statt dessen stiegen mir Schwaden von Grillgeruch in die Nase, ich würde mich unsäglich über die blöde Yvette aufregen oder über Aurel oder über beide. Niemand würde wieder Rücksicht auf meinen Zustand nehmen, ich wäre wieder die einzige, die ab und zu aufräumte und zusätzlich würde es den ganzen Tag über schlechte Sprüche regnen. Ich ärgerte mich, weil ich mich völlig überrumpelt fühlte und nur im aller hintersten Winkel meines Herzens freute ich mich auch ein ganz kleines bisschen. Davon sah aber niemand etwas.

Um mich aufzuheitern, machte Gleißner einen Scherz, irgendwas mit Tom & Billie. Ich brauchte eine ganze Weile um zu schnallen, dass er mit Tom sich selbst meinte, er hieß ja Thomas mit Vornamen. „Du, Gleißner", sagte ich, einer plötzlichen Eingebung folgend, während es nebenan schon wieder von Geheul begleitet krachte und der Hund durchs Zimmer getappt kam. „Meinst du, es macht was – also hältst du es für schlimm, wenn ich nicht Thomas oder Tom zu dir sage?". Dabei drehte ich mich genervt zu dem Hund, warf ihm ein „Bleib stark, Kleiner! Lass dich nicht wie einen Hund behandeln" zu und wandte mich wieder an Gleißner „... sondern dich einfach weiterhin Gleißner nenne? Wär das schlimm?"

Gleißner legte den Kopf in den Nacken und schaute mich von unten aus schrägem Augenwinkel an, was ihn, vorausgesetzt, er ließ den Mund zu, immer absolut unwiderstehlich aussehen ließ. Dann reckte er sich mit der ihm eigenen Mischung aus Spott, Belustigung und Verknalltheit schlangengleich zu mir hoch, um mir ganz leise und quasi direkt an meinem Mund zu sagen - „Nichts ist schlimm, Billie."

*